中篇小说经典系列

孙犁

著

铁木前传

插图本

长江出版传媒　长江文艺出版社

图书在版编目（CIP）数据

铁木前传 / 孙犁著. -- 武汉：长江文艺出版社，2023.10
（中篇小说经典系列）
ISBN 978-7-5702-2790-7

Ⅰ.①铁… Ⅱ.①孙… Ⅲ.①中篇小说－小说集－中国－当代 Ⅳ.①I247.5

中国版本图书馆CIP数据核字(2022)第122610号

铁木前传
TIE MU QIANZHUAN

| 责任编辑：梁碧莹 | 责任校对：毛季慧 |
| --- | --- |
| 封面设计：璞茜设计 | 责任印制：邱 莉 杨 帆 |

出版：长江出版传媒 长江文艺出版社
地址：武汉市雄楚大街268号　　邮编：430070
发行：长江文艺出版社
http://www.cjlap.com
印刷：武汉珞珈山学苑印刷有限公司

开本：880毫米×1230毫米　1/32　　印张：6
版次：2023年10月第1版　　2023年10月第1次印刷
字数：96千字

定价：30.00元

版权所有，盗版必究（举报电话：027—87679308　87679310）
（图书出现印装问题，本社负责调换）

# 目 录

铁木前传

/001

村歌

/097

铁木前传

孙犁

一

在人们的童年里，什么事物，留下的印象最深刻？如果是在农村里长大的，那时候，农村里的物质生活是穷苦的，文化生活是贫乏的，几年的时间，才能看到一次大戏，一年中间，也许听不到一次到村里来卖艺的锣鼓声音。于是，除去村外的田野、坟堆、破窑和柳杆子地，孩子们就没有多少可以留恋的地方了。

在谁家院里，叮叮当当的斧凿声音，吸引了他们。他们成群结队跑了进去，那一家正在请一位木匠打造新车，或是安装门户，在院子里放着一条长长的板凳，板凳的一头，突出一截木楔，木匠把要刨平的木材，放在上面，然后弯着腰，那像绸条一样的木花，就在他那不断推进的刨子上面飞卷出来，落到板凳下面。孩子们跑了过去，刚捡到手，就被监工的主人吆喝跑了：

"小孩子们，滚出去玩。"

然而那吜吜的声音，多么引诱人！木匠的手艺，多么可爱啊！还有生在墙角的那一堆木柴火，是用来熬鳔胶和烤直木材的，那噼剥噼剥的声音，也实在使人难以割舍。而木匠的工作又多是在冬天开始，这堆好火，就更可爱了。

在这个场合里，是终于不得不难过地走开的。让那可爱的斧凿声音，响到墙外来吧；让那熊熊的火光，永远在眼前闪烁吧。在童年的时候，常常就有这样一个可笑的想法：我们家什么时候也能叫一个木匠来做活呢？当孩子们回到家里，在吃晚饭的时候，把这个愿望向父亲提出来，父亲生气了：

"你们家叫木匠？咱家几辈子叫不起木匠，假如你这小子有福分，就从你这儿开办吧。要不，我把你送到黎老东那里学徒，你就可以整天和斧子凿子打交道了。"

黎老东是这个村庄里的唯一的木匠，他高个子，黄胡须，脸上有些麻子。看来，很少有给黎老东当徒弟的可能。因为孩子们知道，黎老东并不招收徒弟。他自己就有六个儿子，六个儿子都不是木匠。他们和别的孩子一样，也是整天背着柴筐下地捡豆楂。

但是，希望是永远存在的，欢乐的机会，也总是很多的。如果是在春末和夏初的日子，村里的街上，就又会有叮叮当当的声音，和一炉熊熊的火了。这叮叮当当的声音，听来更是雄壮，那一炉火看来更是旺盛，真是多远也听得见，多远也看得见啊！这是傅老刚的铁匠炉，又来到村里了。

他们每年总是要来一次的。像在屋梁上结窠的燕子一样，他们总是在一定的时间来。麦收和秋忙就要开始了，镰刀和锄头要加钢，小镐也要加钢，他们还要给农民们打造一些其他的日用家具。他们一来，人们就把那些要修理的东西和自备的破铁碎钢拿来了。

傅老刚被人们叫作"掌作的"，他有五十岁年纪了。他的瘦干的脸就像他那左手握着的火钳，右手抡着的铁锤，还有那安放在大木墩子上的铁砧的颜色一样。他那短短的连鬓的胡须，就像是铁锈。他上身不穿衣服，腰下系一条油布围裙，这围裙，长年被火星冲击，上面的大大小小的漏洞，就像蜂窠。在他那脚面上，绑着两张破袜片，也是为了防御那在锤打热铁的时候迸射出来的火花。

傅老刚是有徒弟的。他有两个徒弟，大徒弟抡大锤，沾水磨刃，小徒弟拉大风箱和做饭。小徒弟的脸上，左一道右一道都是污黑的汗水，然而他高仰着头，一只脚稳重地向前伸站，一下一下地拉送那忽忽响动的大风箱。孩子们围在旁边，对他这种傲岸的劳动的姿态，由衷地表示了深深的仰慕之情。

"喂！"当师父从炉灶里撤出烧炼得通红的铁器，他就轻轻地关照孩子们。孩子们一哄就散开了，随着叮当的锤打声，那四溅的铁花，在他们的身后飞舞着。

如果不是父亲母亲来叫，孩子们是会一直在这里观赏的，他们也不知道，到底要看出些什么道理来。是看到把一只门吊儿打好吗？是看到把一个套环儿接上吗？童年啊！在默默的注视里，你们想念的，究竟是一种什么境界？

铁匠们每年要在这个村庄里工作一个多月。他们是早起晚睡的，早晨，人们还躺在被窝里的时候，就听到街上的大小铁锤的声音了；天黑很久，他们炉灶里的火还在燃烧着。夜晚，他们睡在炉灶的边旁，没有席棚，也没有帐幕。只有连绵阴雨的天气，他们才收拾起小车炉灶，到一个人家去。

他们经常的下处，是木匠黎老东家。黎老东家里很穷，老婆死了，留下六个孩子。前些年，他曾经下个狠心，把大孩子送到天津去学生意，把其余的几个，分别托靠给亲朋，自己背上手艺箱子，下了关东。在那遥远的异乡，他只是开了开眼界，受了很多苦楚，结果还是空着手儿回来了。回来以后，他拉扯着几个孩子住在人家的一个闲院里，日子过得越发艰难了。

黎老东是好交朋友的，又出过外，知道出门的难处。他和傅老刚的交情是深厚的，他不称呼傅老刚"掌作的"，也不像一些老年人直接叫他"老刚"，他总称呼"亲家"。

下雨天，铁匠炉就搬到他的院里来。铁匠们在一大间破碾棚里工作着。为了答谢"亲家"的好意，傅老刚每年总是抽时间给黎老东打整打整他那木作工具。该加钢的加钢，该磨刃的磨刃。这种帮助也是有酬答的，黎老东闲暇的日子，也就无代价地替铁匠们换换锤把，修修风箱。

"亲家"是叫得很熟了，但是，谁也不知道这"亲家"的准确的含义。究竟是黎老东的哪一个儿子认傅老刚为干爹了呢，还是两个人定成了儿女亲家？

"亲家，亲家，你们到底是干亲家，还是湿亲家？"

人们有时候这样探问着。

"干的吧?"黎老东是个好说好笑的人,"我有六个儿子,亲家,你要哪一个叫你干爹都行。"

"湿的也行哩!"轻易不说笑的傅老刚也笑起来,"我家里是有个妞儿的。"

但是,每当他说到妞儿的时候,他那脸色就像刚刚烧红的铁,在冷水桶里猛丁一沾,立刻就变得阴沉了。他的老婆死了,留下年幼的女儿一人在家。

"明年把孩子带来吧。"晚上,黎老东和傅老刚在碾棚里对坐着抽烟,傅老刚一直不说话,黎老东找了这样一个话题。他知道,在这个时候,只有这样一把钥匙,才能通开老朋友的紧紧封闭着的嘴,使他那深藏在内心的痛苦流泻出来。

"那就又多一个人吃饭,"傅老刚低着头说,"女孩子家,又累手累脚。"

"你看我。"黎老东忍住眼里的泪说,"六个。"

这种谈话很是知心,可是很难继续。因为,虽然谁都有为朋友解决困难的热心,但是谁也知道,实际上真是无能为力。就连互相安慰,都也感到是徒然的了。

这时候,黎老东最小的儿子,名字叫六儿的,来叫父

亲睡觉。傅老刚抬起头来,望着他说:

"我看,你这几个孩子,就算六儿长得最精神,心眼儿也最灵。"

"我希望你将来收他做个徒弟哩。"黎老东把六儿拉到怀里说,"我那小侄女儿,也有他这么大?"

"六儿今年几岁了?"傅老刚问。

"九岁。"六儿自己回答。

"我那女儿也是九岁。"傅老刚说,"她比你要矮一头哩,她要向你叫哥哥哩。"

## 二

第二年头麦熟,傅老刚真的从老家把女儿带来了。他在小车的一边,给女儿安置了一个座位。这座位当然很小,小孩子用右手紧把住小车的上装,把脚盘起来,侧着身子坐在垫好的一小块破褥上。他们在路上走了五六天,住了几次小店,吃了很多尘土。然而女孩子是很高兴的,她可以跟父亲,这唯一的亲人,长住在一起,对她来说是最幸福的了。

到了村里,先投奔了黎老东家。黎老东很是高兴,招呼左邻右舍的女孩子们来和小客人玩。

"你叫什么名儿呀?"那些女孩子们问她。

"我叫九儿。"小客人回答。

"你姐妹九个?"女孩子们问。

"就我一个哩。"小客人说。

"那你为什么叫九儿?"女孩子们奇怪了,"在我们这里,谁是老几就叫几儿,比如六儿,他就是老六。"

"这是我娘活着的时候,给我起的名儿。"小客人难过地说,"我是九月初九的生日哩。"

"啊。"女孩子们明白了,"那么,你们那里还兴留小辫儿吗?"

"唔。"小客人有些害羞了,缠在她那独根大辫上的绳儿,红得多么耀眼呀!

和女孩子们玩了几天,和六儿也就熟了。九儿看出,六儿和她很亲近,就像两个人的父亲在一起时表现得那样。傅老刚活儿忙,女孩子跟在身边不方便,他打夜作,给六儿和九儿每人打了一把拾柴的小镐儿,黎老东给他们拾掇上镐柄,白天就打发他们到野外去。六儿背着红荆条大筐,提着小镐儿,扬长走在前头,九儿背一个较小的筐子,紧跟在后面,走到很远很远的野地里去。

六儿不喜欢在村边村沿拾柴,他总是愿意到人们不常到、好像是他一个人发现的新地方去。可是,走出这样远,他并不好好地工作,他总是把时间浪费在路上。他忽然轰起一个窠卵儿鸟,那种鸟儿贴着地皮飞,飞不远又落下,好像引逗人似的,六儿赶了一程又一程。有时候,他又追赶一只半大不小的野兔儿,他总以为这是可以追上的,结果每次都失败了。

"我们赶紧拾柴吧。"九儿劝告地说。

"忙什么?"六儿说,"天黑拾满一筐回去就行。"

"我们不许一人拾两筐吗?"九儿说。

"就是一天拾三筐,也过不成财主!"六儿严肃地驳斥着。

他慢慢地走在草地里,注视着脚下。在一处做个记号,又察看着。后来,他把柴筐扔在一旁,招呼着九儿:

"你守住这个洞口,不要叫它从这里跑了。"

他回到做记号的那里,弯下腰,用小镐儿飞快地掘起来。这天,他们高兴地捉住了一只短尾巴的小田鼠,晚上带回家里来,装在一只小木匣里。木匠家总是有好多木匣子的。

第二天,风很大。他们两个没有到地里去,在六儿家里玩。父亲出去做活了，六儿拿出小田鼠来，对九儿说：

"它在匣里住了一夜，一定很闷，我们叫它在地下跑跑吧。"

"捉不住了，怎么办？"九儿说。

"不要紧，你把水道守住就行了。"六儿把小田鼠放在地下。起初小田鼠伏在他的脚下，一动也不动。六儿"嘘"它，跺脚轰它，它跑开了，绕着房根儿转，突然钻进了一个洞。

六儿发急了，他命令九儿：

"你看瓮里有水没有？"

瓮里干着。六儿抓起瓢来，跑到咸菜缸那里，淘来一瓢盐水，灌进了鼠洞。看看不顶事，又要去淘。

"大叔回来要骂了，"九儿说，"盐是很贵的。"

六儿用力把瓢扔在地下，瓢摔裂了。

这一回，两个人玩得很不好。六儿失去了小田鼠，心里很难过。九儿心疼那一瓢盐水，她也是个穷人家的孩子，她在家里，是一针一线也不敢糟蹋的。

风越刮越大，他俩躲到破碾棚里去。那座不常有人使用的大石碾，停在中间。碾台上蒙着一层尘土，九儿坐在上面。六儿爬到那架大空扇车里面，蜷起身子像只虾米一样，仰天睡下了。他招呼九儿：

"你也进来吧，盛得下。"

"我不进去。"九儿说。

她在思想，面对着现实。外面的风，刮得天黑地暗，屋顶上的蜘蛛网抖动着，一只庞大的蜘蛛，被风吹得掉下来，又急遽地团回去了。她没有母亲，她的父亲，现时在外面的大风里工作着。她新结交的小伙伴，躺在扇车里睡着了。童年的种种回忆，将长久占据人们的心，就当你一旦居住在摩天大楼里，在这低矮的碾房里的一个下午的景象，还是会时常涌现在你沉思的眼前吧？

## 三

就在这一年，开始了抗日战争。这是在平原上急骤兴起的，动摇旧的生活基础的第一次大风暴。从这一年起，人们在战争的考验里，接受了阶级斗争的新道理，广大的劳苦半生的人们，包括他们那从前以为累赘、无法养教的儿女们，开始打破有形无形、传统久远的束缚和枷锁。黎老东在家的两个较大的儿子，都参军去了。

在兵荒马乱里，傅老刚没有能够按时回到老家去，好在女儿也在身边，他不想去冒那长远路途上的危险了。在这些年月里，木匠、铁匠除去为农业生产服务，还都要为战争服务。傅老刚的两个徒弟，不久也参加了八路军附设的兵工厂。在这一年冬天，傅老刚和女儿，给来往不断和越聚越多的骑兵打钉马掌。九儿兴奋地工作着，有一次她只顾观望那过往的部队，被一匹性劣的马踢了一脚，从此在额角上留下一块小小的伤痕。当时，部队上的卫生员替她包扎好，她连一声也没哭。以后，大家公认，这块小伤痕，不但没有损害九儿的颜面，反而给她增加了几分美丽。

孩子们在风雨里、炮火里，饥饿和寒冷的煎熬里，战斗和胜利的兴奋里，完成了他们的童年，可珍贵的童年的历程。傅老刚在村里人缘很好，附近村庄的人们也都认识他。在逃难的时候，那些妇女们看到九儿，都自动地愿意带着她，跑到哪个村庄，人们一听说是铁匠的女孩子，也愿意收留吃饭和安排住宿。在战争的最后两年，因为年岁大些了，游击经验也丰富些了，九儿总是好和六儿一同走。六儿胆子很大，很机警，照顾九儿也很周到。当他们在一块儿的时候，在九儿那刚刚懂事的心里，除去有人做伴仗胆，感到幸福，还产生了一种相依相靠的感情。当她和六儿在一块的时候，也真的没有遇到什么大的危险。因此，她有时也真的相信六儿自我吹嘘的话了。

六儿常常对她说：

"你谁也不要跟着，就跟着我吧，日本鬼子不敢着我的边。"

"你净瞎说。"九儿跟在他身后边说。

"你跟着我，饥不着也渴不着，"六儿自信地说，"我会像一只大老家（雀），给你打食儿吃。"

在九儿的眼里，六儿的办法就是多一些。下雨的时候，他总是能很好地把九儿安置起来，就是在野地里，也淋不湿。在九儿觉饿的时候，他能跑出多远，找些吃的东西回来。那时候，在野外躲藏的人很多，人们是愿意帮助孩子们的。而更重要的是，九儿从心里发生的那一种感激和喜欢的心情，也确实能战胜一时的饥饿和寒冷。

日本投降以后，因为多年不回老家，老铁匠急于要带女儿回去看望一下。

临走的那天晚上，黎老东打了一壶酒，给傅老刚送行。平日，傅老刚即使在喝酒的时候，话也是很少的；黎老东酒一沾唇，那话就像黄河开了口子一样，滔滔不绝。可是今天晚上，两个老朋友中间放上一盏菜油灯，一把酒壶，在快要分别的时候，黎老东只是勉强地说了几句普通话。以后，就也把头低下来，一直沉默着。

这是很稀奇的现象。傅老刚问：

"亲家，你心里有什么事？"

"有点事儿。"黎老东突然兴奋起来，他是单等着老朋友这句问话的，"亲家，我想向你请求一件事。你看，我有六个儿子，穷得这样，我这一辈子也不打算什么了。不过六儿这孩子，我看还许有些出息。"

"亲家，"傅老刚插断他的话，"你就是娇惯了他一些。孩子们是要管得严紧些的。"

"是这样。"黎老东急于要把话说完，"咱也别绕圈子，据我冷眼观看，九儿和六儿，两个人的感情还合得来。按说，像我这个穷光蛋，还想支使儿媳妇？不过，咳！"

他一口把壶里的酒喝干了，就又低下头去。

"我明白你的意思了。"傅老刚说，"你穷，我就富吗？"

"不过,不过,养女儿总是要攀个高枝儿的。"黎老东低着头说。

"孩子们年纪还小,等我们从老家回来再定规,你说好不好?"傅老刚这样冷漠地结束了这场本来应该激动人心的交谈,使得老朋友的心冷了半截。

这一晚上,九儿在附近的姊子大娘家里辞行。姐妹们留恋她,在这家停一会儿,又一群一伙地到另一家去。六儿也一直跟在后面,就有姐妹们说他:

"你老是跟着干什么?一个小子家。这又不是打游击的时候了。"

"人家也是来送九儿哩。"有的姑娘说。

"快家去睡觉吧,六儿。"有的大娘斥责他。

"我就是跟着!"六儿有些气愤地在心里说,"我就是不去睡觉!你们管得着吗?"

九儿一直和别人说笑着。

第二天,打早起,六儿跟着父亲,帮九儿家收拾小车。在黑影儿里,九儿小声对他说:

"我们还要回来的呀。"

## 四

傅老刚和九儿走了以后,就一直没有音讯。听说在他们家乡那一带,是蒋匪军盘踞着。这两年,平原上进行着解放战争,人们又经历了许多重大的事件。土地改革以后,黎老东因为是贫农,又是军属,分得了较多较好的地。后来,二儿子在解放战争里牺牲了,领到一笔抚恤粮。天津解放了,在那里做生意的大儿子又捎来一些现款,家里的生活,突然提高了很多。黎老东听到二儿子牺牲的消息以后,悲痛了一个时期。他想起这个老二从小没有得过一点儿好,母亲死了以后,还曾带着四兄弟讨要过一个时期的饭。现在,黎老东是将近六十岁的人了,身边只有四儿和六儿。但是,不知道为了什么,黎老东不大喜爱四儿,只喜爱六儿。老人的心里想:自己受了一辈子苦,没有过出头之日,几个大孩子,小的时候也没有赶上好年月,现在既然生活好了,应该叫六儿多享些福。

这样,六儿就越发娇惯起来了。他已经长大成人,他不愿意像四哥一样到地里去做活,起猪圈送粪这些事,他连边也不愿沾。可是，也不好净闲着，他就学做些小买卖。秋后，搓大花生仁儿，炒了到街上卖；冬天煮老豆腐，晚上在大街十字路口敲着梆子。卖不完的，就自己吃。每天夜里，父亲已经钻被窝了，他盛上一大碗老豆腐，多加蒜、姜，送到老人脑袋头起说：

"爹，吃了吧，热的。"

老人爬起来，喝完老豆腐，心里想，这孩子多懂事儿，多孝顺呀！

有时，六儿也盛上一碗送给在夜里喂着牲口的四哥，老四是从小知道省细的，总是不愿意吃。他对六儿说：

"多卖一碗，就多赚一碗，我这就要睡觉了，喝一碗这个有什么用？"

这使得六儿有时想：这个人真不知好歹哩。

但是，不管卖花生仁儿，还是卖老豆腐，六儿总是赚不下钱。在街面上，他的朋友多，这个抓一把，那个喝一碗，就是记上账，六儿也拉不下脸皮儿去要，到年底，还是得老四去讨账。特别是那些姑娘们，看见六儿提着花生仁儿来了，就说：

"你这花生仁儿脆不脆？香不香？"

"你们尝尝呀！"六儿赶忙张开布袋口儿笑着说。

"尝"是不要钱的,可是姑娘们很多,又都下得手,一个人一大把不算,六儿还自己抓着送到她们手里,替她们装进那口儿虽小底儿却深的衣裳口袋里去。六儿长得个儿适中,脸皮儿很白,脾气儿又好,他在街上成了姑娘们十分喜欢的对象。六儿已经能够自觉到这一点,他就更加注意去巩固和扩大这个良好的影响。战争结束以后,在这个村里,他第一个留起大分头,还不叫担挑的剃头匠理发,总是在集日跑到县城南关的理发店去。夜晚,村里只有他有一筒手电,在街上一晃一晃的,姑娘们嬉笑着围着他:

"看你,六儿,照坏了我的眼!"

"来,六儿,给我拿拿!"

在雨天,他有一双双钱牌胶鞋,故意穿上去串门儿,谁家的姑娘好看,谁家庭院里积的雨水深,他就特别到谁家去。那家的姑娘在窗户眼儿里看见他进来,就赶紧爬下炕来说:

"六儿,你来得正好,来脱下给我穿穿,我正要到茅房里去!"

"你穿着正合适。"六儿说,一边脱下胶鞋来递给她,"你也该买一双。"

"我哪里有这些钱呀？"姑娘笑着说，"六儿，你什么时候再进城，给我捎一双袜子来吧！"

"什么色儿的？"六儿问。

"你看着吧，你常买东西，又懂眼。"姑娘信任地说，在腰里掏摸着，"你带着钱吧！"

"不用。"六儿说，"买回来，再说吧。"

等到买回来，姑娘们只称赞他买的货色好，尺寸合适，就再也不提钱的事了。

## 五

黎老东目前也顾不上管教他，老人正在为新兴的家业操心。新近他把那匹老灰驴换成了一匹红马。这匹马虽然口齿老一些，但蹄腿毛色都很好，架上那辆分来的破车，实在显得不调和。老人四处去观看，买回几棵榆树槐树，想自己打一辆大车。黎老东打的大车是远近知名的，一辈子给人家打了无数的车，现在年老了，也给孩子们打一辆吧，他的心情是十分愉快的。在转悠着买树的时候，他还得到一棵小檀木树的秧子，做木匠的最喜爱这种树，他把它栽到自己的窗台下，小心养护着，作为自己新的生活开始的标志。院里养了一群鸡,猪圈里新买来两个猪崽儿。

他叫老四和他解树,在院子里,被解的树木斜竖起来,像一架高射炮。老人登在上面,俯身向下,老四坐在地下,仰身向上,按着墨线拉那大锯,一推一送。老人总是埋怨老四笨,不是说他走了线,就是说他不会送锯。老四建议叫六儿来拉锯,老人又不肯。老四说他有偏心,父子两个争吵起来,老人甚至举起锛斧,绕院子追赶。

老四最不喜欢人家说他笨。他从抗日战争以来,学习很努力,每天看书看报上夜校,积极参加村里的青年工作,他觉得在家庭里,他比父亲和六儿都进步得多,懂事得多。

吵过架,老人又不甘寂寞,说:

"我像你这个年纪,早就出师了。我的手艺,不用说在这一县,就是在关外,在哈尔滨,那里有日本木匠,也有俄国木匠,我也没叫人比下去过。阿拉索,有钱的苏联人总是这样对我说。"

"那时他们不是苏联人,那时他们是白俄。"老四说。

"县城南关福聚东银号的大客厅的隔扇,是我做的。

那些年,每逢十月庙会,远从云南广西来的大药商,也特别称赞那花儿刻得好。"老人越说越高兴,"这字号是卜家的买卖,老东家和我很合适。"

"卜家不是叫贫农团打倒了吗?"老四说,"你这话只能在家里说,在外边说,人家会说你和地主有拉拢。"

"南关西后街崔家的轿车,也是我打的。"老人说,"那车只有老太太出门才肯用。"

"那也是大地主。"老四说,"那辆车早分给贫农,装大粪用了。"

老人把锯用力往下一送,差一点没把老四顶个后仰。

大车的木工程序越是接近完成的时候,黎老东越是怀念他那老朋友傅老刚,因为还要有段铁工程序,大车才能制造成功。附近当然也有其他的铁匠,但是这些人的手艺,都不中黎老东的意。过去,他是常常和傅老刚合打一辆大车的。而他们合打的大车,据说一上道,咯噔咯噔一响,人们离很远,就能判断出这是黎老东砍的轴,挑的键,傅老刚挂的车瓦。他很希望老朋友能来帮他把这一辆车成全好,成为他们多年合作中的代表作品,象征他们终身不变的深厚友谊。现在家里又有吃有喝,他想给傅老刚捎上个信儿,叫他带女儿来。孩子们的年岁也到了，凭眼下这日子光景，再求婚也就理直气壮了。

可是，听说那边还在打仗，信儿也不好捎。

想起儿女的婚姻，黎老东就想起住宅的问题，现在住的这个破院，虽说村里已经固定给他，要是儿子们结婚，还是很不够住的。当父亲的赶上这个年月，还不能替孩子们安排下几间住处，也感觉于心有愧似的。今年一个麦季，一个秋季，收成都很好。他想把粮食合起来，换处宅院。原先，他是想多买几亩田地的，听人说，这年头田地总不牢靠，宅院到什么社会，终归是自己的，他就下了决心买宅子。

关于买宅子，老四提议要和军队上的哥哥商量一下，黎老东说："不用。他是革命干部，不同意我们置家业过活。"

他托了村里的说合人，替他物色宅院。很快，说合人就来告诉他，后街二寡妇那宅子要卖。这所宅子包括三间土坯抹灰北房，木架门窗都还很坚固，院子很大，以后可以盖三合房，现在就有一个大梢门洞儿。价钱不贵，十石麦子。另外，这所宅院距离黎老东现在住的地方很近，以后来往也方便。

黎老东想了想，很中意这宅子，就要下定钱。但是老寡妇有一个附带条件,要卖"养老腾宅",就是说要等她死了,新主人才能搬进来。对于这一点,黎老东有些犹豫,谁知道老寡妇哪年死哩,看来她还很健康。不久,说合人又来说,老寡妇有个侄儿要争这宅院,出十二石麦。黎老东一听着了急,下了定钱,还和老寡妇那个侄儿闹了一场纠纷,经过村里调解,黎老东是军烈属,才得买到了手。

买了宅子,黎老东操心的事情可就多了。他隔几天就要到那宅子里转转,看见院子里跑着一群别人家的鸡,他就轰出去,看见墙头又叫孩子们蹬倒了,他就垒起来,看见房墙上的泥皮掉了,就和泥抹上。他关心宅院的每一个细小部分,而老寡妇好像什么也不管,在东间屋里炕上喘嗽着。

冬天,黎老东想叫老四到这北屋西间来住,捎带喂牲口,马槽就安在外间。他和老寡妇商量,老寡妇不同意,说马会把粪拉到她做饭的锅里。因为这个争吵起来,老寡妇一生气,收拾东西,到女儿家住去了,声言是黎老东把她逼走,在村里影响很不好。在军队里的儿子,不知怎么也知道了,来信批评了父亲。

黎老东为这件事也懊悔了好几天,觉得是找了麻烦。

但是既然买了，就搬来住吧，选择了一个日子，他和六儿、四儿搬进了这一所新居。人们还要他请酒，他也只好应酬了一下。

夜里，六儿很晚才回来，黎老东一直没睡着，在等着他。

"我为什么买这个冤孽？"黎老东说，"不就是为了你？"

"嗯。"六儿把头蒙在被窝里，"新房子怎么这样冷呀？"

"你要学点好。"黎老东又规诫着，"不要整天瞎跑。"

而六儿已经呼呼入睡了，鼾声是那样匀称和舒心，老人是喜爱听这种声音的，年老的人，身边有个小儿子甜蜜地睡着，是会感到幸福的。

## 六

这一年冬天，六儿和村里的一家懒人，合伙卖牛肉包子。每天晚上，他背着一个小木柜子，在大街上来回游逛。

"牛肉包儿呀！好热的牛肉包儿呀！"

一直到深夜。

包子房设在村西头黎大傻家。黎大傻的老婆，原是县城东关一户包娼窝赌不务正业的人家的长女。这女人长得既丑且怪，右脚往里勾着，黑麻脸，左眼从小瞎了，有一大块萝卜花向外冒突着。她的性情很是刁泼，在新社会里，也长期改造不好，又非常好吃，为了满足她那馋嘴，她会想出一些奇奇怪怪别人绝想不到的办法。

黎大傻行什么事，也是要看着女人的眼色，听着女人的鼻息的。抗日战争以后，经过几次社会运动，他们每次都把分得的一些东西泼撒了。过程是：把分得的土地和一些粗粮变卖了，换回麦子卖面条儿，结果，一家人把本儿利儿全吃进肚里去。

今年和六儿卖包子，就是和面擀皮儿这些极为轻微的工作，黎大傻的老婆也是不愿意担负的。她不久就从娘家接了一个妹妹来，名义上是帮忙做活，她的实际目的在哪里，谁也猜得着。

这位妹妹，外表和姐姐长得非常不同，人们传说，这孩子原是那些年，从别人家领来的，和她的姐姐，并非一母所生。

她今年十九岁了，小名叫满儿。已经结了婚，丈夫长年在外面。小满儿一年比一年出脱得好看，走动起来，真像招展的花枝，满城关没有一个人不认识她，大家公认她是这一带地方的人尖儿。

刚到姐姐家来，小满儿表现得很安静。她不常出门儿，每天，姐姐出去串门儿，她就盘腿卧脚地坐在炕上剁馅儿，包包子，连头也不轻易抬起。黎大傻在地下来往，装着笼屉，兼在灶上烧火。六儿没事做，放一条板凳在炕沿儿下面，呆呆地望着她抽香烟。等到天黑，姐姐回来，小满儿问做什么吃，姐姐照例是说得很干脆的："还做什么吃？熬点米汤儿，就包子吃！"

"六儿不用回家，就在一块儿吃吧？"小满儿问。

"那还用你说吗？"姐姐笑着，"人家是咱们的大东家哩，要好好照应！"

现在，六儿就黑夜白日地在这一家鬼混。

渐渐，小满儿就不能安静地坐在炕上了。她每天要抽空儿到门口儿站一站。自从她搬到姐姐家，不知道是谁传播的消息，那些卖胭脂粉儿香胰子的小贩，也都跟踪到这村里来了。他们像上市一样，常常把三副几副的担子放在她姐姐家的门口，如果小满儿还没有出来，他们就用力摇动那小货郎鼓儿，用繁乱的、挑逗的节奏把她招引出来。

以后，小满儿又借口占碾子借磨，到大街上去。

每逢小满儿到街上来推碾，就会在这小小的村庄里引起一场动乱。当她还没有得到推碾的机会，只是放下一把笤帚在碾子旁边占着，自己一径回家去了，就有一些青年人趁到碾子附近来了。青年人越聚越多，常常使得那正在推碾的人家，感到非常的奇怪。

后来，碾子空下了，就有青年自动去给她报信。过了一会儿，小满儿从她姐姐家的胡同里转出来，青年们的眼睛就一齐转向她那里。青年们的眼神是多种多样的，有的勇迈些，有的怯弱些，然而都被内心的热情和狂想激动着，就像接连爆发的一片火焰。

小满儿头上顶着一个大笸箩，一只手伸上去扶住边缘，旁若无人地向这里走来。她的新做的时兴的花袄，被风吹折起前襟，露出鲜红的里儿；她的肥大的像两口大钟似的棉裤脚，有节奏地相互摩擦着。她的绣花鞋，平整地在地下迈动，像留不下脚印似的那样轻松。

她那空着的一只手，扮演舞蹈似的前后摆动着，柔嫩得像粉面儿捏成。她的脸微微红涨，为了不显出气喘，她把两片红润的嘴唇紧闭着，把脖子里的纽扣儿也预先解开了。

她通过这条长长的大街,就像一位凯旋的将军,正在通过需要他检阅的部队。青年们,有的后退了几步,有的上到墙根高坡上,去瞻仰她的丰姿。

小满儿来到石碾旁边,一转身,把大笸箩放在了地下。然后,她掠了掠齐肩的油黑的头发,向青年们扫射了一眼。

她是来碾米。她把谷子铺在碾盘上,等候着她的姐姐。她姐姐叫什么事耽搁住了,一直没有来,她就一个人推动了石碾。

她心里明白,不会没有人来帮她的忙。但是今天,青年们都在观望着,做着各种丑态,甚至互相推挤,却谁也没有勇气上前。

每当小满儿推着碾子转到街道旁边,她就转身向村西头望望,看看六儿来了没有。她很希望六儿在这个时候来,他比这些孱头们懂事,会跑着过来帮她的忙。

可是,六儿也好像忘记了和她约好的这回事儿似的,一直没影儿。她实在推不动了,又不愿意在这些青年人面前示弱,她装作碾得了头合,突地停下来往回折扫着,转身抓起了簸箕。

"怕还不行吧！"这时站在最前边的一个青年叫大壮的，开了口。

这个名叫大壮而实际上非常胆小的青年，是耐不过这种沉寂的场面，又实在心疼对方，才鼓足勇气去抓起了那根闲着的推碾棍。他这种异乎寻常的举动，使得全体青年吃了一惊，连平日向他开玩笑的习惯都忘记了。但是，忽然从街东头传来一声喊叫，这一声喊叫，就像在冬天的夜晚，有黄鼬来拉鸡，孤处的女主人从梦中惊醒，喊叫出来的那种声音一样凌厉吓人。

这是大壮的媳妇。大壮早婚，她比丈夫足足大八岁。她熬过很长的一段岁月，自从大壮渐渐懂得事理，她就越发爱他，并且越发管教得严格了。大壮平日很怕她，他怕她就像怕自己的姐姐，甚至像怕自己的母亲一样。因为，在多年的印象里，她不只照顾了他的饮食起居，而且也教导着他的言语行动。但是大壮从来也没想到，在他偶尔同别的女人在一起的时候，会引起自己的女人这样大的愤怒。他扶着碾棍，呆呆地望着自己的女人。

"你这个不要脸的东西！"大壮的女人急急走过来说，"快做晚饭了，你不去担水，跑到这里来干什么？"

"唔？"在众人面前，在女人的盛怒之下，大壮不知道怎样回答才好。

"你是哑巴,是聋子?"大壮女人的声音更严厉了,"我问你跑到这里来干什么?你年下就十八岁了,不学正经!"

"他还小哩,原谅他这一次吧!"青年们在一边打哈哈。

"他还小?"大壮的女人最不喜欢别人说她的丈夫年纪小,"什么才叫大人?你们小吗?吃屎的孩子,也干不出这样没出息的事儿来!你们是一群狗,有一只小母狗儿,在街上夹着尾巴一溜达,就把你们都引出来了!就把你们的脖子勾引得硬了,就把你们的眼睛勾引得直了!我在那边瞧了老半天,看看你们那下流样子!你们自己不觉?快到井台上,弄点儿水来照照吧!"

她这种不分敌友,一律混杂的教训,引起了青年们的极度不满,但是没有人愿意在这个时候和她冲突。他们用眼睛、用咳嗽鼓励大壮,很希望大壮就手抽出那根大推碾棍来。但是大壮连丝毫反抗的意思也没有,他甚至移动脚步,要想回家去了。

青年们注视着小满儿,小满儿簸着米糠,脸涨得像块红布。这女孩子,过去在多少男人面前,也是号称难惹的，但是今天遇到这样的场面，她低着头，连一句话也没讲。

斗争总是要展开的，她的姐姐已经在西街口那里出现。她之奔赴这里来，就像抢救水火一样迫切。因为肥胖，因为她的一只脚有点毛病，特别因为她的视力不能集中，她那奔跑的姿势，就像足球场上，带着球奋勇突击的前锋一样：一时曲偻着上身，一时弯架着胳膊，一时左右脚交攀着，一时在地下滚动着。

"你说谁是小母狗？"她离大壮的女人还有十码远，就发出了战斗的檄文。

"谁自认，我就说的是谁！"大壮的女人挺着身子说。

"我的妹妹是黄花少女！"黎大傻的女人说，"她的屁股也比你的脸干净！你管教你的小女婿行，欺侮我的亲戚就办不到！"

她跑到石碾那里抽出一根棍，但是叫小满儿给拦住了。

"你怎么变得这样老好子？"她吆喝着妹妹，"叫你把我的人都丢净了！"

她举着大棍，奔向大壮媳妇，大壮媳妇以逸待劳，接住棍头，往怀里一带，黎大傻的老婆就来了个嘴啃地。

## 七

就在这个时候,久别的傅老刚父女,回到了这个村庄。

傅老刚还是推着他那铁匠炉,前面拉车的,是九儿。

傅老刚越显得年老和消瘦,小车已经破烂不堪,吱扭的声音,也没有了当年的气派。九儿长高了,但穿的衣服也很破旧。她的脸蛋儿很是干瘦,头发上挂满尘土,鞋面儿已经飞裂,只有那一对大眼睛里射出的纯洁亲热的光芒,使人看出她对于回到这里来,是感到多么迫切和愉快。

把小车推到十字街口,傅老刚放下绊带,和人们问好。九儿拉下脖里围着的旧毛巾,擦着脸上的汗水。

"我们又回来了,"傅老刚说,"可是,你们为什么吵架呀?"

"不为什么,"青年们说,"两位女同志,吃饱了没事儿,在这里练把式。"

"不要这样。"傅老刚郑重地说,"你们一直生活在咱们的根据地,真是生活在天堂里了。你们看我们那里,在国民党占据着的时候,人们的生活困难到了什么地步!我同九儿回去,正好陷在网儿里。还好,总算是逃了个活命儿出来。"

"你们那里生产怎么样?"青年们问。

"正在恢复,今年又遇到荒年。"傅老刚说,"你们有好日子,不好生过,就对不起共产党和毛主席。这些年,我一直想念你们,我想这里是老解放区,工作一定进步得多。六儿哩,怎么不见六儿?"

傅老刚在人群里巡视着,转身望了望他的女儿。女儿好像已经寻觅过了,她现在只是站在那里,注视着正在推碾的那个长得极端俊俏,眉眼十分飞动的女孩子,她不认识这个女的,以为是谁家新娶的小媳妇。

"刚才,我看见六儿在村北边赶鸽子,这会儿,也许回家去了。"一个青年说,"你也该去看望看望你的老亲家了,黎老东这两年的生活,可提高大发了!"

傅老刚和人们告别,架起小车。九儿拉着牵绳,还不断地回头看小满儿。

见到老朋友,黎老东高兴极了。他带着亲家到他那新宅子里去看他打制的大车。

"亲家你看,就等你来了。"黎老东兴奋地说,"明天，咱们就在这院里支起炉灶来。你看，这院子多么豁亮，做起活儿来多醒脾？"

"真是好哩。"傅老刚说，"就是在这里开个木货厂，也蛮宽绰呢。"

"打上这辆车，我也就该休息了。"黎老东十分得意地说，"你知道，现在运销很赚钱，车轱辘儿一动，就是大把的票子。天津解放了，老大挣钱也多了，你看，刚一进冬天，就给我买来了这个。可是穿上这个，我还能做活吗？"

傅老刚打量着亲家高高翻起的新黑细布面的大毛羔皮袍，忽然觉得身上有些寒冷似的。黎老东还没有让远来的客人进屋休息的意思，他详细地说明了建设这所宅院的计划，又带着亲家去看猪圈。最后，推开北房门，叫亲家看马，这才顺便把客人让到里间坐下来。

当两个老人进了屋，九儿刚要跟进去的时候，她抬头看看，六儿站在房顶上向她招手儿，并且指给她上房的梯子所在。九儿轻轻上到房上，看见六儿躲在一排干树枝后面，引逗着一群鸽子玩儿。鸽子看到生人上来，都拍翅飞向天空，现在太阳西沉，西天的红霞映照到白灰抹平的房顶上。红色的白色的鸽子在他们头顶上奋飞着,追逐着,翻腾着。

"我早就看见你来了。"六儿说,"有我父亲,我不敢大声叫你。"

"你喂这些鸽子干什么?"九儿问。

"好玩呗。"六儿说,"新近,杨卯儿从北京弄来一对纯白的外国种,实在好,我还想买来哩,人家就是贵贱不卖。"

"青年团不批评你吗?"九儿问。

"我不是青年团。"六儿扬手引逗着天空的鸽子,使它们飞下来又飞上去,"你加入了吗?"

"我也是刚加入。"九儿说着沉默了。

"这东西玩熟了,最有意思。"六儿说着站立起来,向天空呼叫着,"鸽儿,鸽儿。"

鸽子们先后驯顺地落在房檐儿上。

"六儿,那个姑娘是谁?"九儿忽然看见,在西边隔几户人家的一间房上,站着刚才推碾的那个姑娘。那姑娘直直地望着这里,脸上带着那么一种逼人而又难以理解的笑容。

"那是黎大傻的小姨子小满儿。"六儿说,"包子蒸熟了,我该去装柜子了,我们下去吧。"

吃晚饭的时候，六儿也没有回家来。当四儿知道九儿也是个青年团员的时候，非常高兴地说：

"你的关系带来了吗？今天晚上，你先参加我们的学习会吧。"

"我一路上，把关系转了来。"九儿笑着说，"我很愿意参加你们的学习会，四哥在团支部负责吗？"

"我是宣传委员。"四儿说，"咱这一带地方风沙大，每年春天缺雨，上级号召人们打井栽树，变旱田为水田，这是好事儿。可是村里还有很多人认识不清楚。"

"就是你认识清楚，"黎老东说，"你少在外头给我挣骂吧。"

"六儿为什么不参加青年团？"九儿问。

"谁知道他为什么？"四儿说，"他说脑筋不好，一开会就头痛。你看他像脑筋不好的人吗？"

"你要帮助他。"九儿说，"我看他把心都用到旁处去了。"

"你劝劝他也许好些。"四儿叹气说，"他一点儿也瞧不起我。我在我们家里，威信太低。"

"胡说八道。"黎老东又斥责他，"你在外边威信高，高了什么来？"

"年轻人进步是好事。"傅老刚劝说着,"亲家,要不是这个世道,你的生活能过得这样好吗?"

"你说的这话对。"黎老东说,"时代是不断前进的,可是,我们过日子,还得按照老理儿才行。"

## 八

由于九儿表示十分关怀,四儿提议一同找六儿谈一谈。四儿把牲口喂上,叫两个老人在家看门,装好学习文件,又带上一个小油灯,同九儿出来。

"你带个油灯干什么?"九儿问。

"这是我们团里的学习灯。不敢放在讲堂上,怕浪费油。"

黎老东在屋里听到"油"字,就冲着窗台喊:

"四儿!你又添上了咱家的油?你们青年团真成了穷人团,哪里有赔着灯油做工作的?你的威信高,还不是高在这点灯油上!"

四儿没答言,领着九儿出来,他在街上停了停,说:

"六儿晚上卖包子,不知道出来没有。"

今天晚上,六儿没有出来做买卖,代替他那清脆的声音的，是黎大傻那大劈拉嗓子：

"牛肉包子咧！好热的牛肉包子咧！"

四儿问他六儿到哪里去了，他有些不屑于搭理地说：

"谁知道。我又不是他的掌柜的。"

当四儿和九儿转到西街口上，在村边一处大场院里，传来六儿说话的声音。场院的门虚掩着，隐约地看出：院里栽着很多树木，堆着几个柴垛，靠墙边，有一棵大杨树高高矗立着。在杨树下面，六儿和一个女人贴身站立着。

九儿在门口站住了。四儿性急，一推门进去，并且大声喊叫了一声：

"六儿！"

那女的好像从什么东西上撞了回来一样，很快地往旁边一闪。

"你喊叫什么！"六儿压低声音，愤怒地说。

"怎么啦？"四儿并没有调整自己的嗓门儿，"有什么秘密？"

"不许你嚷！"六儿更发急了。

四儿停止了说话。但是，忽然嚓的一声，他划着了一根火柴，把手里的小油灯点了起来，高高举起，向四下里照耀。

"天爷！"六儿跑上去，一口把他的油灯吹灭，说，"到处点你这穷灯干什么！"

"真的有什么见不得光明的勾当，在这里进行着吗？"四儿一边说着，一边大步地绕着杨树行进，冷不防撞在躲在杨树后面的小满儿的身上，两个人吵了起来。

"完了！"六儿一跺脚，大杨树上扑楞楞一响，"鸽子跑了！"

"只是跑了一只。"小满儿停止吵闹，往上观看着，"谁也别说话了！"

飞起的那只鸽子，不知是属于什么性别，它是留恋眷属的，在黑暗的天空里绕了一遭，又落到了杨树上。这时六儿才低声告诉他的四哥，杨卯儿那外国种鸽子跑出来了，他正想法上去抓住它。

在黑夜里看来，这杨树一直高到抚摸着群星，而它那树皮，又像女人的肌肤一样光滑。六儿已经脱下鞋袜，在手里唾着口沫，要攀登上去了。

"这样黑天，你要玩命？"四儿说，"我回家叫父亲去！"

"少在这里拿大哥架子吧！"小满儿说，"抓住一只三十万,抓住两只,你学习好,给算算是多少钱?"

"六儿,"九儿忍不住,说,"你不要冒这样的危险吧!"

"好。"小满儿喷着嘴儿说,"心疼你的人儿发言了。"

"你是什么人,"九儿说,"我们从来又不认识,和我犯嘴?"

"我是什么人?"小满儿冷笑着说,"我是和你一模一样的那种人。"

"别吵了。"六儿哀告着,"别再吓跑了我的鸽子,鸽儿,鸽儿。"他很快地就上到了树的老杈那里。

"我们走吧!"四儿对九儿说,"没有办法,摔死了,怨他命里活该。"九儿的心里非常气愤和极度不安,但她还是同四儿走出来了。

"也好像是一对儿哩!"小满儿放长声音说。

"你说什么?"六儿在树上问。

"我说的是鸽子啊!它们在靠南边的那一枝儿上。"

他们听见小满儿站在树下,不停地说着淡话,并指引着六儿的冒险行动。

## 九

在土地改革时没收的一家地主的宅子里,九儿和这村的青年团员们会面了。很多人原先是认识的,他们热情地问候九儿。四儿点着油灯,把人们招呼进西屋里,西屋原是三间,现在已经打通,青年团和本村的剧团都利用这个地方进行活动。屋子里十分寒冷,窗子都破碎了,顶棚上的花纸一块块带着灰尘蛛网垂下来,门子也缺了一扇。北墙上挂着一块小黑板,黑板前面放着一张破旧油垢的六人桌,地下用土坯和泥,垒成一堵堵的矮墙,也不知道是要人当作桌案还是当作座位。坐在上面,感到十分冰冷,那些女孩子们,穿的衣服很单薄,但是,她们还是安详地坐在上面了。

四儿和一个叫锅灶的青年是教员,他们守着油灯,给团员们讲解怎样向广大农民进行打井造林的宣传,讲完了一节就进行讨论。

夜深了,这屋子里实在比屋子外面还要冷一些。他们还是认真地讨论着。

"同志们,我们一定要把我们的村庄,建设成一个富裕繁荣的村庄。"四儿说,"到那个时候,我们青年团就不会再在这样冷的屋子里开会,我们要盖起一座很好的礼堂来。"

"离题太远了。"锅灶警告他说,"目前是研究怎样克服宣传上遇到的阻碍。"

"依我看,在我们村里,横在我们前进道路上的,有两大障碍。"四儿转回来说,"一是黎七儿的胶皮大车,运输很发财,助长着人们只看眼前,只顾个人的资本主义思想;一是黎大傻家的包子房,男女混杂,减低着人们的生产热情。如果要想宣传得好,就得限制黎七儿出车和取消黎大傻的包子买卖。不然,我们只是空口宣传,他们那里却有实际利益,我们是白费劲儿。"

"我同意你的看法。"锅灶说,"可是,第一,六儿是你兄弟,你应该首先叫他脱离那个坏环境。第二,你家大伯正在打大车,也想要走个人发财的路。这两大障碍,不在别处,就在你们家里,你把克服它们的办法说一说吧。"

"困难就在这里。"四儿真诚地说,"我的父亲根本不听我的话。我问他:你反对党的号召吗?他说:我完全拥护。我说:我们今年冬天打一眼井吧!他说:现在还不忙。这就是我遇到的困难。但是，我绝不在困难面前低头。"

"我可以帮助你。"九儿说，"我的看法和你们不大一样，老人也是可以说服的。在老家，我的父亲就很喜欢我把新道理讲给他听。至于六儿，我们也应该帮助他进步。"

"是啊！"坐在她后面的那些姑娘们，半天没人言语，现在像有人指挥着的合唱队一样，一齐喊叫出来。

"帮助六儿进步，这又是一个难题。"锅灶笑着说，"那个叫小满儿的，对他的吸引力，要比团强烈得多。"

姑娘们反对他这种看法。

"不信，你们就去试试，看能不能把六儿从她那边拉过来。"锅灶无可奈何地从台上走下来说。

散会以后，他们歌唱着各自回到自己的家里去，九儿被姐妹们拉去一块儿睡觉。锅灶家里人口多，房屋少，每年冬天是和四儿做伴的，这样便于共同学习和互相辩论。他们一同回来，四儿喂好牲口，在灶台上捡了几块早饭剩下的凉山芋，和锅灶分吃了，两个人就去钻被窝。

"被窝好凉啊！"锅灶笑着说，"既没有柴烧炕，又没有小媳妇给暖暖，我们太困难了！"

"战胜它吧!"四儿一边吸着冷气,一边说,"要想打光棍儿,就得有这样一种克服困难的精神!"

"你认为我们一定打光棍儿吗?"锅灶说,"据我看,那可不能过早地下结论哩!"

红马在外间屋里吃草,它虽然口齿老了,但那嚼草的声音,还像斩钉截铁一样铿锵。两个青年很快就睡着了,月亮把清水一样的光亮,洒到他们的窗子上来。

十

这时,六儿和小满儿,还没有离开那所空场院。鸽子,六儿早已抓到。他从树上滑下来,小满儿把他拉到一个大麦秸垛后边,两个人埋在绵软温暖的麦秸里。小满儿掏出红绒绳儿,把两只外国种鸽子的翅膀别起来,欢乐地抚弄着它们。一会叫它们亲嘴儿,一会,又叫它们配对儿。

"卖了它,给你买一件棉袄。"六儿对她说,"见面分一半,何况你帮了我不少的忙。"

"你和我的交情并不在吃穿上面。"小满儿认真地说,"给那位九儿,买一件吧。"

"为什么?"六儿问。

"就为她那脸蛋儿长得很黑呀,"小满儿忍着笑说,"真不枉是铁匠的女儿。"

"人家生产很好哩,"六儿说,"又是青年团员。"

"青年团员又怎样?"小满儿说,"我在娘家,也是青年团员。他们批评我,我就干脆到我姐姐家来住。至于生产好,那是女人的什么法宝?"

"什么才是女人的法宝?"六儿问。

小满儿笑着把头仰起来。六儿望着她那在月光下显得更加明丽媚人的脸,很快就把答案找了出来。

黎明以前,当天空弥漫着浓雾,树枝、草尖和柴垛的檐顶上结满霜雪的时候,六儿和小满儿才决定回家。他们站起身来,各自掸扫着头发和衣服上的草末儿,发现那珍贵的外国种鸽子,有一只压死在小满儿的身下了。那是一只大蓬头的雄鸽,六儿把它托在手里,表示了非常的沉痛。在这一时刻,他愿以任何代价挽回这只鸽子的逝去的生命,但是,它的心脏确实停止跳动了,翅膀下面的部分也发了凉。

回到黎大傻的家,大门和房门都是虚掩着。小满儿和六儿在这样晚的时候同时进来,也没有引起她姐姐的任何惊怪,而黎大傻好像根本就没有听见似的,在自己的被窝里呼呼地鼾睡着。

小满儿告诉姐姐,今天夜里,她同六儿捉鸽子去了,并且说六儿正为一只鸽子被压死难过哩!

"那有什么难过的?"姐姐在被窝里笑着说,"烫一烫,拔了毛剁剁,又省下四两牛肉!这样冷的天,我以为你两个抽空儿去干点正经事儿哩,倒去捉鸟儿玩了。唉!你们快到炕上来,钻进我这被窝里暖和暖和吧!"

她说着,把自己的热被窝让了出来,光着身子爬进黎大傻的被窝里去了。等到天明,六儿从这一家出来,在门口遇到了鸽子的主人杨卯儿。

杨卯儿个子不高,打扮得很利落,他的脑袋很小很尖,戴一顶毡帽头儿,还显得分量过重。他那脑袋不停地上下颤动着,两只又圆又小的眼睛,非常灵活地转动着:

"六兄弟,起来得早啊!"

"你也早。"六儿垂头丧气地说,"有什么事情吗?"

"来找你。"杨卯儿把两只手插进短袄上的褡包里,"咱弟兄平日交情不错,你把鸽子还给我吧。今年它们下了蛋,孵出第一窠,我就送给你,我这人说话算话。"

六儿没有答言。

"不然,"杨卯儿上前一步,"我近来玩好了一只抓兔子的鹰,现在正是行围射猎的时候,我可以把它送给你。"

六儿还是没有话。

"如果你要钱——其实咱兄弟们不过这个,"杨卯儿的嘴唇抖颤着,脑袋扭向一边,"也可以。你先把鸽子给我,我慢慢去筹划。"

"回头再说吧,"六儿拔腿就要走,"我吃饭去。"

"怎么!"杨卯儿的两眼急得发出蓝光,"你素日为朋好友,对我这样不讲交情?你趁早把鸽子还给我,不然,你就是霸占!"

"什么叫霸占?"六儿站住,回过头来问。

"霸占我的鸽子,还霸占有主的青年妇女。"

"你看见了?"六儿问。

"有人亲眼看见,不然,我们就抖搂出来!"杨卯儿喊叫着说。

"你抖搂出来,又怎样?"黎大傻家的门子一响,小满儿站了出来。她显然是刚刚梳妆打扮好,脸上的粉脂还没有擦匀,她倒背着手在门框上一靠,面对着杨卯儿。"我倒要看看你能抖露出什么来?你有什么证据吗,你抓住了男的,还是抓住了女的?你说呀!别大清早起在这里满嘴喷粪了,小心我过去拿大耳光子拍你!"

## 十一

杨卯儿原先也是一个卖针头线脑儿的货郎小贩。过去,每年腊月,他到保定府贩些女人年节用的物品,过铁路到山地里去卖。关于他在西山做买卖,很有一些奇异的传说。这些传说,都带有很大的浪漫性质。但是,多年来他并没有发了财,现在,在他身边遗留下的,只有那时用过的一把沙胎蓝釉小水壶。

前几天,县里介绍了一位从省里来的干部到村里来。这位干部,从各方面看,都像一个高级干部。在解决住房问题的时候,却使得村干部们觉得他有些古怪和不近人情。按照习惯,像这样的干部,应该住在村干部或是积极分子的家里,那样在相互接近和负责保卫上,都会便利一些。但是,这位干部提出要住在一个普通的人家,并且说除去先进的方面,他还要看看村里落后的部分,这就使得村里的负责同志有些踌躇,以为他负有什么特殊的使命,前来私访。而那位惯出古董主意的副村长,竟顺水推舟，把他领到杨卯儿的家里来了。

杨卯儿是个光棍儿，最初，对来客很表示欢迎，在炕上腾出一段地方，虽然那一段地方是属于炕的寒带。这位干部身体弱，在屋里又生起了一个小煤火炉。

"杨同志，火闲着也是闲着，能不能借把铁壶来，弄点开水喝呀？"干部说。

"不用去借，咱家里就有。"杨卯儿说着就从桌子底下的横板上，取出他那把水壶，到瓮里注上水，坐在炉口上。

"这是把磁壶呀，能坐水吗？"干部问。

"这壶好就好在这里。"杨卯儿说，"磁面沙胎，在火上坐水，就像沙吊儿一样，又快又不漏。"

但是炉口马上被水洇湿，一个劲儿嘶嘶地响。最初干部以为刚从瓮里提出，是带来的水。后来提起一看，壶底裂了好几道缝，这缝被火一烤，裂得更宽了，不但水喝不成，而且有火灭的危险。干部说：

"不行啊，杨同志，壶实在漏了，不能用。"

"不漏！"杨卯儿睁大一双小圆眼睛说，"我说不漏就不漏。"

"那不是明明在漏吗？"干部说。

"在我这屋里,你住着不合适。你搬到别人家去吧。"杨卯儿二话不说,就宣布了逐客令,这真使得干部大感不解了。

干部指给杨卯儿看:一大滴一大滴的水,从壶底漏下来,漏到火里,嘶,嘶,嘶嘶!

杨卯儿连头也不转过来。

干部只好卷起铺盖,找了带他来的副村长去,把事情发生的经过讲了一遍,副村长笑着说:

"同志,你要看村里的落后部分,我不知道杨卯儿,能不能算是一个典型?关于他的出身历史,我还可以向你介绍一些比较详细的材料。我年轻的时候,和杨卯儿搭伴儿做小买卖。像你看到的,和这样一个人作伙计,是最困难不过的了。他抬硬杠,一根筋,死赖账,翻脸不认人。但是他对西山的地理很熟,哪一条道儿也摸得清,我就忍着气和他做伴。每年,他都是吃净赔光才肯回来的。他赔光,不是好吃懒做,也不是为非作歹,只是为了那么一股感情上的劲儿。他进了山,就像打猎的进了林一样,专门要找好看的女人。至于什么女人叫丑叫俊,那全看对不对他的眼光。这个人,凡是他的东西,都是好的,别人不能批评的。他喜欢的,死小鸡子也是凤凰。每年他总会遇到一个美人儿。一旦发现了这个美人儿，他就哪里也不再去，只到这个庄儿上来。不管刮风下雨，只坐在这家门口儿上去卖货。你想，一个小庄儿上，能销多少货物？坐吃山空，他就这样赔光了老本儿。一年冬天，他又发现了美人儿。这家人住在一个高山坡上，那女人我也见到一次背影儿，倒是长得不错，穿一身干净蓝衣服，头发梳得光光的，在后面盘成一朵圆花。杨卯儿被她迷住了，一直到腊月二十几，我要回家了，他还是每天到那庄儿上去，在人家门口，一坐就是一整天，饥了就吃些干粮，提起他那把小壶，喝些冷水。他一个劲儿地摇动他那小鼓，小鼓两边的皮都打穿了，人家那女的再也不出来。有一天，他实在忍不住，跑到院里去摇，正遇上人家男人从山上回来，扯起扁担把他赶出来，把他的货箱、水壶踢到山坡下面。他是从山上滚下来的，头破血流，摔晕了过去。我赶到那里，把他救活过来，替他拾掇好东西。看了看，别的东西损失不大，就是小水壶裂了缝。我说：杨卯儿你的壶破了。他当时就很不高兴地说：没破，顶多是有点惊纹儿。我说：对，是惊纹儿，就像你这脑袋上的裂口一样！同志，杨卯儿的性格就是这样。他直到现在，还在想念那个女人,说那女人对他是有心思的,只是那男的不愿意。你不要见怪,我们另找房子搬家吧!这村里还有一处落后的地方……"

杨卯儿一生,还从来没有看见过长得这样好看的女人,他立刻被小满儿那红白焕发的容光惊呆了。他的两只脚,像冬天雪地上的麻雀一样向前跃动着,上身不动,小脑袋直伸向前。他现在的形象,和他的名称相反,正像在木匠的斧头锤击下,亢奋地塞进木脐眼儿里去的尖锐的木楔一样。他上下反复地打量着小满儿的全身,他倾听着她的斥责,就像知罪的宗教徒接受天谴一般。

但是,对他说来像乐曲一样的声音,突然停止,小满儿一摔门子进去了。

## 十二

黎老东的大车的铁匠工序,正式开始了。铁匠炉安设在新买来的宅院里。早晨,天晴得很好,六儿的鸽群在天空飞翔着。

黎老东最后修整着车的上装,在他心里,只等铁匠完工,就可以开始油漆了。傅老刚把铁匠炉点着,一股浓烟翻转着升向天空，然后折下来在庭院里散开。九儿拉着风箱，四儿被派练习抡大锤。

黎老东把几年来积累的烂铁和新买来的铁料，搬到炉下来。

九儿今天穿的很单薄，上身只穿了一件蓝色夹袄，她把擦脸的毛巾绺起来，齐着脑门把头发捆住，就像绣像上孙悟空戴的戒箍一样。她的脸色更显得明朗了，充满了工作之前的热情和虔诚，轻捷而又稳重地推动着风箱。

傅老刚炼好第一块铁，用大铁钳夹着放在铁砧上，四儿赶过去抡起大锤。傅老刚用小锤敲点着砧子边教导着他，他还是不能用最适当的力量打在最适当的地方，有时把锤空落在砧子上，有时竟打在傅老刚的小锤上。九儿放下风箱把，来打给他看，在她的热心的示范和帮助下，四儿抡锤的技术，开始进步了。

黎老东在一边做着木匠活，注意力主要放在这边来了。他不断地斥责着四儿，说他笨，没有出息，唠叨不休。傅老刚在休息的时候，走到黎老东的身边说：

"亲家，我看你的脾气变坏了，对孩子们不能这样。这样不能使他工作得好，反会使他工作得更坏。他工作着，你一个劲儿斥责他,他的脚手就不知道往哪里放了。"

"你怎么说这样的话,你不是说管孩子应该严格些吗?"黎老东说,"打制这辆车是我心上的大事,早打成一天,好早一天用它去赚钱。亲家,让我们老兄弟把最好的手艺都施展出来吧!"

建立友情,像培植花树一样艰难。花树可以因为偶然的疏忽而枯萎。在黎老东和傅老刚这一次合作里,两个人心里都渐渐觉得和过去有些不一样。过去,两个人共同给人家做工,那是兄弟般的,手足般的关系。这一次,傅老刚越来越觉得黎老东不是同自己合作,而是在监督着。赶工赶得过紧,简直连抽袋烟,黎老东都在一旁表示着不满意。最使他闷气的是,自己远道赶来,黎老东却再也不说九儿和六儿的事,好像他从前没提过似的。

最后几天,黎老东只是穿着大皮袄,在院里察看着,指点着;六儿也打扮得像个客人似的,有时来在院里转悠一下,就不见了。傅老刚身体有些不舒服,在这样冷的天气里,他穿着一件破旧的小衫,还是辛勤地工作着。天天,有些参观的人,来到院里,这些人都是傅老刚的旧相识、老朋友。过去,他们来是同时观赏黎老东和傅老刚的手艺的；今天，在这些人的眼里，傅老刚的手艺，和黎老东的家业，被分别了出来。人们不再注意黎老东的木匠手艺，在新的形势下面，只在关心他的发家致富的前途。

两个老朋友，显然已经站在不同的地位上。黎老东完全觉察到了这一点，傅老刚很快也完全觉到了，这就是我们的悲剧产生的根源。傅老刚感到，过去多年来，他和黎老东共同厌恶、共同嘲笑过的那种"主人"态度，现在是由他的老朋友不加掩饰地施展起来了，而对象就是自己。这当然不是新的社会制度的过错，而是传统习惯的过错。

当铁工也接近完成，一次吃饭的时候，黎老东忽然笑着说：

"亲家，我过日子越来越细了，你不要笑话我，我要积些钱给六儿他们把房子盖好。我想，你是不争这些的。"傅老刚以为他要提说九儿和六儿的事了，抬起头来听着，谁知道下文却是这么一句："这些日子，就当你们是在老家度荒年吧！"

最后一句话，十分激怒了傅老刚，他把饭碗一推，立起身来，说：

"亲家，我不是到你这里来逃荒呀！"

他叫出女儿来，提起水桶，泼灭了炉灶。他打整好小车，推到了街上来。很多人来劝说，老头儿说什么也不回去。

两位老朋友的决裂，村里人都说不出那真正的道理。在四儿和九儿那经历较少的身世里，也还没有体验过这样伤心的事情。傅老刚是感到十分痛苦的，他把四儿叫到一边说：

"孩子，你看，这到底是怨谁呢？"

"这样正好。"四儿说，"你给我们解决了难题。"

"什么难题？"傅老刚问，"你这小子倒要看我们两个老头子的哈哈笑吗？"

"我们青年要组织一个钻井队。"四儿说，"在今年冬天，把我们村里能利用的水井都钻好下管。我们已经借到一杆锥。很多工具需要修理，我们想请你帮忙，又怕我爹不让。这样一闹，你就可以去帮助我们了。"

"你们有钢有铁？"傅老刚问。

"我们每人捐献一些，就够用了。"四儿说，"我们把小车，拉到青年团办公的大院里去吧。"

到了那里，青年们对老人说：

"大伯，我们是多么需要你啊！你再不要回山东老家。我们和村干部商量好了，把这院里的东屋给你拾掇出来，把窗子糊好。你就在这里常住吧，晚上我们抱柴来给你烧炕。"

## 十三

黎老东一个人呆呆地坐在院里一截木头上。当傅老刚决绝地推车出门的时候，他心里也曾经想：这样的交情，断绝了也好。你晒不了我黎老东的干儿，剩下的活，我会找别人来帮助，天下又不是只有一个铁匠。他拿起斧头来，气愤地锤击着车尾板上的大钉。但是，当他渐渐平静下来，听到只有他的斧头声音，在空旷的院落里回响，失去了亲切的钢铁的伴奏的时候，他忽然不能工作了，把斧头放在一边，坐了下来。他想，同傅老刚的交情，不是一年两年建立起来的，而是经过多次患难的考验。他用手抚摸着左边这一只脚。有一年，他同傅老刚给一家做活，他心情不好，一时失手，这只脚被锛砍伤了。那时离家在外，举目无亲，手里没有多少钱。在自己养伤的几个月的时间里，是傅老刚请医生，花药钱，背出背进，给水给饭。当然，这也报答过他了。同一年热天，傅老刚被热铁烫伤，自己曾经服侍了他。

他难过的是，究竟为了什么，傅老刚这样决绝？是他看我过得好些了，心里嫉恨？但想来想去，傅老刚从来也不是这样的人。是我变得嫌贫爱富，慢待了多年的朋友？他回忆着在这一段日子里，自己的言谈举动，他的痛苦就被惭愧的心情搅扰，变得更加沉重了。

这时六儿走了进来。黎老东抬头望着自己的儿子，在儿子的身上脸上，只能看见一层不成材的灰败的气象。他一时想到：自己这两年，一心要打车，要盖房，得罪亲友，都为的是他！而这个孩子，只知道自己玩乐，从来也没有想想当父亲的心情。

"做熟饭了，爹？"六儿站在窗台下太阳地里，懒洋洋地问。

"做熟了，就等你了！"老头儿跳了起来，抡着斧子赶过去。

六儿眼快，回头就跑。他刚才在街上又和杨卯儿争吵了一次，杨卯儿知道了那只雄鸽的死亡，要找黎老东来说理。六儿在门口碰上他，向他作个揖说：

"卯儿哥，咱们的事儿别闹了。你快去劝劝我爹，他要打死我哩。"

杨卯儿生来经不住别人半点奉承,一句好话。仓促之间,他把这个委托应承下来,他快步向前,在梢门洞里,举起胳膊拦住了黎老东:

"看在侄儿面上。"杨卯儿说,"回家去,有话慢慢说。"

他把黎老东推进院里,给他找了一个坐物,又递给他一支香烟,自己蹲在一边,慢慢劝说着:

"快把车装置起来,别错过这个冬季,正是好赚钱的时候啊!你看那黎七儿了,一趟定州就是几十万,除去人吃马喂,三趟就可以盖座大砖房。老东叔,西村有座砖房要卖,价钱公道,你倒是有意思没有?"

"没有意思。"黎老东说,"我的心凉了。"

"谁家的老人也是这样。"杨卯儿说,"最恨小人儿不争气。我爹活着时,你们交情好,是知道的,管我管得多么紧?在我身上费了多大力?我当然不能说给他人家挣来了多少光荣,平心而论,一辈子也没有给他老人家丢过什么脸面呀!咱是个正直人,从小儿走南闯北,打抱不平,为朋友两肋插刀,花钱从不分你我。到老来没落下什么,不是我不能干,是命里穷苦。六儿兄弟,我看不错，为人聪明懂事，就是荒唐点儿，这也是年轻人必经之路，你快把车打整起来，交给他，一有正经事儿，他也就不胡跑了，你说是不是？"

黎老东的气渐渐消了，杨卯儿又把他引到原来的思路上。这时四儿回来了，他一声不言语，到屋里给牲口筛了两底儿草，手里提着一件什么东西，叫棉袍掩盖着，躲躲闪闪地又要出去。

"你手里提的什么？"黎老东问。

"一把破铁锹。"四儿只好站住，把东西亮出来。

"哪里来的这个，我这些日子到处找烂铁，你怎么不言语？"黎老东又挂了火。

"这是那年拆日本炮楼，我捡来的，因为没有用，就扔在一边了。"四儿说，"现在上级号召打井，我想去修理修理它。"

"整个儿的六国反叛！"黎老东说着站起来，"从哪里拿的，还给我放回哪里去。上级号召打井，我号召打车！人家不给我干了，你快去做饭，吃饱了帮我上钉子！"

杨卯儿又赶过来劝解，四儿只好先去抱柴做饭，再慢慢想法把铁锹运出去。

## 十四

九儿所想的,吸收六儿参加学习或是参加工作,都是很困难的事。他轻易不接近这些集会和活动。干部去找他,他会说现在是生产第一,装模作样地背上一副柴禾筐,溜溜达达到地里去了。干部们也曾讨论先从改造小满儿入手。接近小满儿是容易的,但男青年们不愿意去,有的是胆怯,有的是避嫌疑。当然,女同志们也可以和她去谈。女同志去了,小满儿总是热情地招待着,如果抱着小孩,她总得给孩子弄些好吃的东西来,并且要接到怀里,不停地在孩子的脸上亲亲吻吻。任何认生或是任性的孩子,到了小满儿的怀里,也会高兴起来的,孩子的脸也会叫她的充满青春热情的面孔,陪衬得更为出色。她会说,说笑起来,嘴上像撩上油儿似的。在这种场合,女同志们都是有些喜欢她,在批评上,那口气就自然软和多了。

"小满儿,拿着你这样聪明伶俐的人儿,好好学习学习吧;晚上,我来叫你,我们一块到民校听课去。"女同志热心地说服着。

"那很好，"小满儿笑着说，"我盼不得去学习呢。不用大姐来叫，黑灯瞎火，道路又不好走，你抱着个孩子，跌倒怎么办？我自己去吧，这个村子，街道都叫我磨平了，谁家我不认识呀！"

"你可一定去。"女同志又叮咛一句。

"一定。"小满儿把她送到门口，又和孩子招手耍笑着。等到女同志一拐弯儿，她把脸一沉，想了想，到家里换上件衣服，就进城回娘家去了。如果村里有什么运动，连续开会，她会几天几夜不露面儿。有时，她也到民校晃晃。她总是坐在灯光不亮的地方，在讲课刚开始，人们安静不下来的时候，她装作安静地听讲。当人们渐渐入神的时候，她就偷偷溜出来了。

无论在娘家或是在姐姐家，她好一个人绕到村外去。夜晚，对于她，像对于那些喜欢在夜晚出来活动的飞禽走兽一样。炎夏的夜晚，她像萤火虫儿一样四处飘荡着，难以抑止那时时腾起的幻想和冲动。她拖着沉醉的身子在村庄的围墙外面，在离村很远的沙岗上的丛林里徘徊着。在夜里，她的胆子变得很大，常常有到沙岗上来觅食的狐狸，在她身边跑过，常常有小虫子扑到她的脸上，爬到她的身上，她还是很喜欢地坐在那里，叫凉风吹拂着,叫身子下面的热沙熨帖着。在冬天,狂暴的风,鼓舞着她的奔流的感情,雪片飘落在她的脸上,就像是飘落在烧热烧红的铁片上。

每天,她在夜深人静的时候,才回到家里去。她熟练敏捷地绕过围墙,跳过篱笆,使门窗没有一点儿响动,不惊动家里任何人,回到自己炕上。天明了,她很早就起来,精神饱满地去抱柴做饭,不误工作。她的青春是无限的,抛费着这样宝贵的年华,她在危险的崖岸上回荡着。

而且,她的才能是多方面的,谁都相信,如果是种植在适当的土壤里,她可以结下丰盛的果实。不管多么复杂的花布,多么新鲜的鞋样,她从来一看就会,织做起来又快又好。她的聪明,像春天的薄冰,薄薄的窗纸,一指点就透。高兴的时候,她到菜园里生产,浇起园来,可以和最壮实的小伙子竞赛,一个早晨把井水浇干。她可以担八十斤的豆角儿走出十里去上市。在这个时候,连村里一些老年人,都称赞她,希望有一种力量,能把她引纳到人生的正轨上来。今年,村里宣传婚姻法的时候,这女孩子忽然积极起来。她自动地到会,请人读报给她听,正正经经地沉默着,思想着。在那些文件上说明：女人和男人是平等的，她们已经做了很多工作，将来还会对国家有更大更多的贡献。但后来听到有些人，想把问题引到检查村里的男女关系，她就退了出来，恢复了自己的放荡的生活方式。因此，副村长向青年们提议，把那位高级干部带到黎大傻的家里。

这一天，她的母亲来了。这是一位到了五十多岁年纪，还在热心打扮的女人，可以看出在探看女儿的这次行动上，她曾经在头面上做了很细致的准备。她见到小满儿，就说：

"满儿，你男人快回来了，你婆婆找到咱家去，眼下就过年，你该到人家那里去住些时候了。"

"我不去。"小满儿说，"婚姻是你和姐姐包办的，你们应该包办到底，男人既然要回来，你们就快拾掇拾掇上车走吧。"

"你说的这是什么话？"母亲说，"你在这村里疯跑，人家有闲话哩！"

"既是闲话，"小满儿坐在炕沿上低着头整理着鞋袜说，"我管它干什么，叫他们吃了饭没事，瞎嚼去吧！"

"名声不好听哩，"母亲拍着巴掌，"我的小祖宗。"

"名声不好听，"小满儿跳下炕来对着镜子梳理着头发，直眉立眼地说，"也不是从我开始，是你们留给我的好榜样呀！"

她这样和母亲冲突，使得姐姐也不高兴了，姐姐说：

"小满儿，你不要胡说八道，谁给你留下的榜样？你够得上当我的徒弟吗？看你和小六儿，恋了一冬天，连条新棉裤也穿不上，还有脸犟嘴哩！"

"你先去挣一条来给我穿吧！"小满儿打整好，一甩门帘出去了。

她一个人走到她姐姐家的菜园子里，这个菜园子紧靠村西的大沙岗，因为黎大傻一家人懒惰，年久失修，那沙岗已经侵占了菜园的一半，园子里有一棵小桃树，也叫流沙压得弯弯地倒在地上。小满儿用手刨了刨沙土，叫小桃树直起腰来，然后找了些干草，把树身包裹起来。她在沙岗的避风处坐了下来，有一只大公鸡在沙岗上高声啼叫，干枯的白杨叶子，落到她的怀里。她忽然觉得很难过，一个人掩着脸，啼哭起来。在这一时刻，她了解自己，可怜自己，也痛恨自己。她明白自己的身世：她是没有亲人的，她是要自己走路的。过去的路，是走错了吧？她开始回味着人们对她的批评和劝告。

## 十五

她看见姐姐送着母亲走出村来,她才绕道儿回到家里去。到家里,看见黎大傻正帮着一个干部收拾屋子,小满儿惊奇了,她知道姐姐家因为落后、肮脏和名声不好,是从来没住过干部的。他们收拾的是东房的里间,这间屋里堆着一些乱七八糟的东西,外间,喂着一匹很小的毛驴。

她看见姐夫在这位干部面前,表现了很大的敬畏和不安,他好像不明白为什么村干部忽然领了这样一位上级来在他的家里下榻。他不断向干部请示,手足不知所措地搬运着东西。

在小满儿看来,这位干部的穿着和举止,都和他要住的这间屋子不相称。从他的服装看来,至少是从保定下来的。他对清洁卫生要求很严格,自己弯腰搜索着扫除那万年没人动过的地方。小满儿不知道为什么忽然愿意帮帮他的忙,她用自己的花洗脸盆打来水,用手在那尘土飞扬的地上泼洒。

"你是这家的什么人?"那位干部直起身来问。

"她是我的小姨子。"黎大傻站在一边有些得意又有些害怕地说。

"啊,你就是小满同志。"干部注视着她说,"村干部刚才向我介绍过了。"

"他们怎样介绍我?"小满儿低头扫着地问。

"简单的介绍,还不能全面地说明一个人。"干部说,"我住在这里,我们就成了一家人,慢慢会互相了解的。"

干部在炕上铺好行李,小满儿抱来茅柴,把锅台扫净,把锅刷好,然后添上水,说:

"这屋里长年不住人,很冷。我给你烧烧炕吧。"

"我来烧。"黎大傻站在她身边说。

小满儿没有理他。她把水烧热了,淘在洗脸盆里,又到北屋里取来自己的胰子,送进里间:

"洗脸,你自己带着毛巾吧?"

晚上,干部出去开会,回来已经夜深了,进屋看见,小小的擦抹得很干净的炕桌上面,放着灌得满满的一个热水瓶;一盏洋油灯,罩子擦得很亮,捻小了灯头。摸了摸炕,也很暖和。

他听见北屋的房门在响。黎大傻的老婆,掩着怀走进屋来。她说:

"同志，以后出去开会，要早些回来才好。我们家的门子向来严紧，给你留着门儿，我不敢放心睡觉。"

说完，就用力带上门子走了。

干部利用小桌和油灯，在本子上记了些什么。他正要安排着睡觉，小满儿没有一点儿响动地来到屋里。她头上箍着一块新花毛巾，一朵大牡丹花正罩在她的前额上。在灯光下，她的脸色有些苍白，她好像很疲乏，靠着隔山墙坐在炕沿上，笑着说：

"同志，倒给我一碗水。"

"这样晚，你还没有睡？"干部倒了一碗水递过去说。

"没有。"小满儿笑着说，"我想问问你，你是做什么工作的？是领导生产的吗？"

"我是来了解人的。"干部说。

"这很新鲜。"小满儿笑着说，"领导生产的干部，到村里来，整年价像走马灯一样。他们只看谷子和麦子的产量，你要看些什么呢？"

干部笑了笑没有讲话。他望着这位青年女人，在这样夜深人静，男女相处，普通人会引为重大嫌疑的时候，她的脸上的表情是纯洁的，眼睛是天真的，在她的身上看不出一点儿邪恶。他想：了解一个人是困难的，至少现在，他就不能完全猜出这位女人的心情。

"喝完水去睡觉吧！"他说，"你姐姐还在等你哩。"

"他们早吹灯睡了。"小满儿说，"我很累，你这炕头儿上暖和，我要多坐一会儿。"

干部拿起一张报纸，在灯下阅读着。他不知道，这位女人是像村里人所说的那样，随随便便，不顾羞耻，用一种手段在他面前讨好，避免批评呢，还是出于幼年好奇和乐于帮助别人的无私的心？

"你来了解人，"小满儿托着水碗说，"怎么不到那些积极分子和模范们的家里，反倒来这样一个混乱地方？"

"怎样混乱？"干部问。

"你住在这里，就像在粮堆草垛旁边安上了一只夹子，那些鸟儿们都飞开，不敢到这里来吃食儿了。"小满儿说，"平日这里可没有这样安静。平日，每到晚上，我姐姐的屋里，是挤倒屋子压塌炕的。"

"这样说，是我妨碍了你们的生活。"干部说，"明天我搬家吧。"

"随便。"小满儿说，"我不是杨卯儿，并没有撵你的意思。我是说，你了解人不能像看画儿一样，只是坐在这里。短时间也是不行的。有些人，他们可以装扮起来，

可以在你的面前说得很好听；有些人，他就什么也可以不讲，听候你来主观地判断。"

她先是声音颤抖着，忍着眼泪，终于抽咽着，哭了起来，泪珠接连落在她的袄襟上。

干部惊异地放下报纸。但是小满儿再也没讲什么，扯下毛巾擦干了眼泪，稳重地放下水碗，转身走了。

整个夜里，黎大傻并不来给小毛驴添草，小毛驴饿了，号叫着，踢着墙角，啃着槽帮。耗子们因为屋里暖和了还是因为添了新的客人，也活动起来，在箱子上，桌面上，炕头和窗台上吱叫着游行。

干部长久失眠。醒来的时候，天还很早，小满儿跑了进来。她好像正在洗脸，只穿一件红毛线衣，挽着领子和袖口，脸上脖子上都带着水珠，她俯着身子在干部头起翻腾着，她的胸部时时摩贴在干部的脸上，一阵阵发散着温暖的香气。然后抓起她那胰子盒儿跑出去了。

# 十六

铁匠炉在新的场所生起来。

"这回，我要当掌作的。"九儿对青年们说，"我们是青年钻井队么!"

"拥护你。"青年们说,"我们轮流抡大锤、拉风箱,叫大伯站在一边指点着就行。"

青年们捐献来的钢铁是零碎的、破旧的,它们曾经多年埋没在角落里、泥土里,现在要经过锻炼,铸接在一起,形成一杆尖利的,能钻探地下,引出泉水来的铁钻钢锥。在青年们看来,这就像要把他们各人的高涨的热情,铸炼成一股共同建设国家的力量一样。

九儿的脸,被炉火烘照着,手里的小锤,叮当地响在铁砧上。这声音,听来是熟悉的。因为,她已经不是初次接触这种沉重的劳动了。在她的幼年,她就曾经帮助父亲,为无数的战士们的马匹,打制过铁掌和嚼环。现在,当这清脆的锤声,又在她的耳边响起的时候,她可以联想:在她的童年,在战争的岁月里,在平原纵横的道路上,响起的大队战马的铿锵的蹄声里,也曾经包含着一个少女最初向国家献出的,金石一般的忠贞的心意!

当然,她可以想到更早一些的日子,她可以用今天的工作来纪念她那贫苦终生、中年丧命的母亲。当母亲生下她来,把她放在炉边的一条小炕上,她就昼夜听到这种劳动的声响了，母亲站在风箱前面，给她哼着催眠歌曲。或者说，当她还同母亲是一个躯体的时候，母亲就带着她从事这种沉重的工作了。

现在，热汗在严寒的早晨，透过了她单薄的衣服。这种同自己的伙伴们在一起，按照集体讨论的计划来工作，对她来说，还是第一次。这些青年伙伴们，在工作面前是争着做，抢着做的，是互相关怀和协同动作的。因此，九儿感到特别振奋和新鲜。据她看来，父亲也是振奋的，在他那漫长的劳苦和跋涉的一生里，现在的工作场景是做梦也不曾梦见过的啊！

当青年们在田野里工作的时候，平原上已经降过了初雪。中午，雪在附近的沙岗上闪烁着，慢慢融化着。在普遍秋耕过的土地上，泛起一层潮湿的松土。但是天气已经大冷了，大地在早上和晚上都要封冻。

青年钻井队的高大的滑车，在平原上接二连三地竖立起来了。它们给漠漠的平原，添上了一种新的使人向往并能诱发幻想的景色。它们使人想起飘扬的旗帜，使人想起外国故事里的风车，使人想起车站的水塔，矿山的竖井，都市里高大建筑的木架。青年人为开发水源，勤奋地工作着，他们的歌声和空中的滑车一同旋转飞扬着。

四儿、锅灶和九儿是一个小组,他们带来些干粮、小米,中午从坟地里砍些蒿草,捡些树枝,在井边烧起饭来。

"你是知道的,"四儿对九儿说,"我们这里是平原,可是村子的三面,都叫沙岗包围起来了。西边这条沙岗,从山地流过来,它的流沙比河水泛滥还厉害。每到春天,整天刮着遮天盖地的黄风,黄沙会滚滚地跳过墙头篱笆,灌到地里来,灌到菜园子里来。黄沙盖住刚出土的蒜苗、韭菜芽,封住麦垄,埋住小树。每年春季,大风过后,我们就不得不到地里去用笤帚扫,甚至伏在地下用口吹,使得那被沙子压得发弯发白的嫩芽儿,重见天日。大风把沙子灌进街里,使人像在河滩走路,一陷多深。沙子灌进房门,打破窗户,妇女们每天要从屋里打扫出几簸箕土来。这就是我们的自然环境。上级号召打井栽树,是最适合我们这一带的情况不过了。"

"我们那里是山地,"九儿说,"也是荒旱连年。从我记事起,每年春天,干热的风沙就从西北山谷里吹过来,拼命吹打我们的小屋。我们门前有一条小河,冬天,水还在冰下哗哗地叫,到春天就干得没有了。我们这里,到春天靠糠皮树叶过日子。"

他们交谈着,向往着,如果能从他们这一代,改变了自然环境,改变了人们长久走过的苦难的路程,使庄稼丰收,树木成林,泉水涌注,水渠纵横,那他们是太幸福了。

这时,在南面沙岗上出现了一幅和他们的谈话非常不相称的景象。六儿右胳膊上架着一只秃鹰,第一个走上沙岗来。随后而来的是黎大傻和他的老婆,夫妇两个每人手里提着一只死兔子,像侍卫一样,一左一右,站在了六儿的身旁,向远处张望着指点着。而在沙岗背后,像隐约的桃枝一样,出现了小满儿的光耀的头面。

"老四,你弟弟越发不简单,玩起鹰来了。"锅灶说。

"这些人的事,咱弄不清。"四儿说,"和杨卯儿为鸽子吵了架,仇大得不得了。经黎七儿把三个人拉到城里吃了一顿饭,两个人又成了好朋友,把鹰借给六儿了。"

"怎么是三个人呢?"锅灶问。

"小满儿也去了。"四儿说,"那是他们的主心骨,组织中心,行动的指南。离了她是不行的。我还听到一个故事,杨卯儿现在成了黎大傻包子房的老主顾,每天晚上都要吃饱的。黎大傻的老婆对他说:'卯儿哥,你只吃得好、穿得好，还不能算是完全翻了身，我要给你介绍一个对象，可是你得请请我。'这样，杨卯儿就在城里请了她一次。"

"你能把他叫过来帮我们锥井吗？"锅灶撺掇着。

四儿正在犹豫的时候，那一队人马，早已经从沙岗上退回，折向相反方向，望不见了。

人们惯于把偶然的见闻当作笑谈，并不注意，在当事人的心里，正像千斤石一样沉重。九儿坐在那里，望着空漠的沙岗出神。她继续回忆着幼年时的家乡的影子。在母亲去世以后，她常常一个人坐在小窗的前面。窗外有一棵枣树，因为避风向阳，常常有些小鸟儿在枝头来聚会。鸟儿们玩起来，显得非常亲密。那站在一起，叽叽喳喳的也许就是最亲密的吧，不久，有一只跳到了别的枝头。遇到一阵风，它们竟各自飞散了。门前还有一片小小的苇塘，河水小的时候，那些小鱼儿们聚在一起，环绕着一枝水草，到了夏天河水涨满，谁也不知道它们各自的前程如何！

这些回忆是使人难堪的，容易疲倦的。她站立起来说：

"吃饱喝足了，我们开始工作吧，我来蹬一会儿滑车。"

"小心掉在井里呀!"锅灶笑着说,"你们猜我在想什么?我想六儿的包子不能吃了,净是兔子肉!"

九儿上到滑车上,用力攀登着,像一个勤奋的小昆虫在清晨和黄昏的时候工作。滑车滚动着,四儿从井底望着她,一时感到这是一个奇异的动人的少女图像。

她的工作越来越熟练从容,太阳从她的前方,慢慢向西移动。她可以看得很远,可以看到县城南关药王庙前面的两根高矗的旗杆。可以望见旷野里送粪的,捡柴的,放牧牛羊的和整理园地的人。她看见六儿正和小满儿在田野里追逐,听到黎大傻和他老婆的喊叫声音。

在下面工作的锅灶和四儿,也在谈论这件事。

"老四,你的理论高,你给我解释,我们在这里受累受冷地工作,你的老弟在那里带着女人玩耍。在人生这条道路上,是我们走对了哩,还是他们走对了?"锅灶冲着井底喊叫着。

"你提出的这个问题很重要,这是个人生观的问题。"从井里冒出四儿的声音,"你羡慕他们的生活吗?"

"有时候觉得他们讨厌,有时候,也有点羡慕。"锅灶说。

"在他们看来，一定是他们走对了。但是，我一点儿也不羡慕他们。"四儿说，"他们这样生活，有时候，自己也会感到羞耻的，不然，为什么望见我们就躲开了呢？"

"可是，还有一个老问题，他为什么一直不能改变过来呢？"锅灶说。

"这两天，我又把这个问题想了一下，"四儿说，"只凭我们几个人的力量去改造人，是不容易收到效果的。人怎样才能觉悟呢，学习是重要的，个人经历也是重要的，但更重要的是社会的影响。我有这样一个比方，六儿的心，就像我们正在改造的旱地。我们工作得好，可以在这块地上开发出水泉，使它有收成，甚至变成丰产地；可是，四外的黄风流沙，也还可以把它封闭，把它埋没，使它永远荒废，寸草不长。我们要在社会上，加强积极的影响。这就是扩大水浇地，缩小旱地；开发水源，一直到消灭风沙。"

"是的，这是可能的。"九儿在滑车上想，她攀登着，一斗子一斗子的淤沙积泥，从井底提上来，她望望井底，新的清澈的水，开始翻冒出来。但是爱情呢？她严肃地思考：它的结合，和童年的伴侣，并不一样。只有在共同的革命目标上,在长期协同的辛勤工作里结合起来的爱情,才能经受得起人生历程的万水千山的考验,才能真正巩固和永久吧。当然,爱情,可以在庄严的工作里形成,也可以在童年式的嬉笑里形成。那分别就像有的花可以开在风平浪静的水面上,有的花却可以开在山顶的岩石上,它深深地坚韧地扎根在土壤里,忍耐得过干旱,并经受得起风雨。

## 十七

　　那位干部当然不是专为了解人们的生活,才跑到乡下来的。他也抱着一种多年工作积累的热情,愿意帮助一个人。他希望小满儿能在他的帮助下,有所改变。他并且想到,只有在学习和工作里,小满儿才能改变。这当然是很困难的,因为他明白,他还没有真正了解她。

　　这天晚上,就是当小满儿行围射猎胜利归来的时候,干部站在院里。黎大傻家是个破大院,西北角破围墙下面,有一个荒废的白菜窖,旁边有一棵半死的老榆树,这棵树长得十分丑陋,它的头顶干枯,树身破裂歪斜,一枝早可以拉下来做柴烧的大横干,垂到邻舍的院里,成了邻家的鸡窠，有几只鸡已经飞到上面，准备过夜了。

小满儿回到家来，一点儿也没有带着在野地里奔跑、狂欢、疲累的痕迹。她是在姐姐和姐夫回家以后才回来的，姐夫和姐姐，提回来一只死兔子，两个人浑身是土，疲惫不堪，而小满儿好像在进门之前就做了准备，她的身上整齐干净，头发也梳理过了，她用那惯常的轻捷悠闲的步伐，走过干部的面前。

"小满同志。"干部叫住她，"你吃过饭有事情吗？"

"没事，我是个大贤（闲）人。"小满儿笑着说，"干什么吧？"

"今天晚上，青年团员们学习，你也去听听吧。"

"人家叫我听吗？"小满儿狡猾地笑着，"我这个落后分子！"

"当然可以听，你先做饭，回头我们一块儿去。"干部说。

小满儿点点头，没有说什么。但是干部可以从她扭转过去的脸上看出，她是如何的不高兴。她抱柴做饭，坐在灶前烧火，不住地用眼角溜撒着，干部一直站在门口。

"同志，你不出去吃饭吗？"小满儿说。

"你多添点米,"干部笑着,"我在你家吃一顿吧。"

"我们家的饭不好。"小满儿说,"你吃不下。"

"不好也一样给粮票。"干部说。他在院里一直站到小满儿把饭做熟。

小满儿这一顿饭,磨磨蹭蹭,费了有做两顿饭的工夫。她几次想从家里跑出去,但凭她的聪明,她知道干部正是防备她逃跑,才在那里监视她,她并且了解到这是一种好意,她装作十分安静地同干部吃了晚饭。

这一顿饭,她的姐夫蹲在外间没进屋,她的姐姐不明白这个干部和小满儿之间,发生了什么问题,也一直在避讳着什么,没有讲话。

吃过晚饭,天已经很黑了。小满儿从被动转为主动,首先放下饭碗说:

"同志,我们走吧。"

走出大门来,小满儿跑在前面,手里拿着一个小手电。

"你有这个家当。"干部说,"太好了。"

"我给你带路,"小满儿说,"我们从村外走,可以近一些。"

她从小胡同里往北转到村外来,因为她走得太快,那个手电的光亮太小,加上一闪一晃,干部跟在后面,反而什么也看不见了,只感到脚下绊绊磕磕。

小满儿飞快地跳过一个矮沙岗,贴着寨墙里面往东走,这一带都是软沙,有很多刨了树的大坑,干部深一脚,浅一脚,跌跌撞撞,只好慢走,以便脱离她的领导,并避免了她那手电的扰乱。

"走快点儿啊!"小满儿说,"人家一定上课了,我们不要迟到。"

"你带的这是什么路?"干部半开玩笑地说,"这不是正路。"

"什么是正路?"小满儿说,"只要抄近儿就好。小心,这里有一眼井,你可千万别掉下去。"

干部小心地扶住辘轳架,从井边沿过,然后是一陡坡,小满儿跳了下去,干部差不多是滑了下去。

"小心,篱笆。"小满儿侧着身子从荆棘之间闪过去,荆棘挂住了干部的衣服。

"给你吧。"小满儿回头把手电交给干部。她仍然在前面走着,从堆着很多破砖乱瓦的道路上,走进了一座大庙的后门。这座大庙,干部是参观过了的,当他们在大殿中间走过时,干部用手电照了照那站在两旁的,歪

歪斜斜,缺胳膊少腿或是失去了眼珠的罗汉们,小满儿毫不在意地走过去,她的脚步放慢了。她说:

"同志,你没有赶过四月初八的庙会吧?这个庙会太热闹了。那时候,小麦长得有半人高,各地来的老太太们坐在庙里念佛,她们带来的那些姑娘们,却叫村里的小伙子们勾引到村外边的麦地里去了。半夜的时候,你到地里去走一趟吧,那些小伙子和姑娘们就会像鸟儿一样,一对儿一对儿的从麦垄儿里飞出来,好玩极了。"

"那有什么好玩的?"干部说。

"我也是听人说的,"小满儿说,"那么热闹的时候,我并没有赶上。抗日的时候,这村的游击队很英勇,他们站到第三层大殿上,有的就坐在神像的头顶上,放哨和阻击向这里扫荡的敌人。庙里的尼姑替他们搬运子弹,现在她们都还俗了,有一个最年轻最漂亮的,是副村长的儿媳妇。"

"这些抗日的故事很好。"干部说。

"那么,"小满儿停下来,转回身说,"我们不要去开会了,回到家里去,我给你讲一晚上故事吧!"

干部摇了摇头。

"他们不会斗争我吧?"走出大殿,小满儿小声问。

"绝对不会的。"干部说,"你想到哪里去了?"

"有一个尼姑,曾经吊死在这里。"小满儿指着大殿前面的一棵大树说,"因为恋爱不自由。活着的时候,我见过她,她会吹笙,长得也很好。"

干部没有说话,有一阵风扫过树尖和屋顶。

"我害怕。"小满儿忽然转回身来,几乎扑到干部的怀里,她的声音抖颤着,干部听到她的牙齿发出"得得"的打击声音,他扶住她,用手电一照,她的脸色苍白,眼睛往上翻着。她说着听不明白的话,眼里流出泪来。

"怎么回事?"干部慌了手脚。

"我看见了她,我看见了她!"小满儿大声喊叫。

"歇斯底里!"干部心里说,"没想到她有这种病症!"

听到喊声,第一个从街上跑到大庙里来的是六儿,他给杨卯儿送了一只兔子去,回来路过这里。直到六儿进来,干部才感觉到,他现在的处境,很容易引起别人的怀疑。在这样黑的夜晚,在这样荒无人烟的地方,在他的身边,一个女人发生了这种情景。他向六儿说明他同小满儿来到这里的经过。

"你救救我!你背我家去!"小满儿听到六儿说话,发出了这样的呻吟。

"好,"干部说,"你帮忙背背她吧,你知道她的住处吗?"

"知道。"六儿说着蹲下来,拉起小满儿的两只手,放到肩上。小满儿仍然在哭泣,眼泪滴在六儿的脖子里。走到街上,她安静了,她撮起嘴来轻轻地无声地吹嘘着六儿的脖子后面。

起初,六儿也有些害怕,但等到她偷偷地把嘴唇伸到他的脸上,热烈地吻着的时候,六儿才知道她并没有发生什么意外。

## 十八

六儿出车,黎老东看成是一件头等隆重的事件。自从把车打成,他运用毕生的工作经验,使油漆在冬季提前干好。晚上,他特备了酒菜,把黎七儿请来,对他说:

"七兄弟,我把六儿和这辆新车交给你,你要好好带动他,把你半辈子跑车的经验教给他,叫他在正道上走,不要翻车跌跤。"

黎七儿一口答应,并且说:

"不用大哥挂念,我不能眼看着叫他吃亏。我们这次打算到石门,大叔,你看拉些什么货物回来?"

"自然是拉什么利大,就拉什么。"黎老东说,"你看着吧。可是,因为是新打的车,头一趟可不要拉煤。"

"可是,"黎七儿笑着说,"冬季还就是拉煤利钱大。到那里看吧,要不就装点儿杂货。"

酒喝到半醉的时候,黎老东又向黎七儿说了这些话:

"七兄弟,我知道,在土改的那段日子里,你和我们有些隔膜。可是,我一直并不认为你是一个富农,我一直评你是个上中农。你爷爷,你父亲那两辈,当然是富农。可是自从你弟兄们分了家,你主要是跑车,雇人不多,要评成富农,我觉得有点够不上,要说是中农,好像又冒点尖儿,当时的争论,就在这上面。"

"过去的事情了,"黎七儿说,"当时,我就是心疼我那匹骡子。后来,我变卖些东西,又把它买回来了。咱成分不好,就不愿在村里见人。现在跑着车,我的生活,你看见了,也还过得去。坦白地说,人只要有能力办法,不种园子地,也能吃香喝辣!我不省着细着。平日在家,你知道,黎大傻家卖什么我吃什么。出门打尖下店,不是闷饼就是炸酱面;出店上车,整瓶子好酒在怀里一掖,什么时候想喝了,就低头来一口。"

"我就是佩服你。"黎老东说,"那些别的户都倒下了,就是你站起来得快。"

黎七儿走了以后,黎老东几次起来喂牲口。鸡叫头遍,他就叫醒六儿,装好草料。套车时,他帮着摆正辕鞍,结好肚带,抹足车油。天不明吃了早饭,六儿把车赶到街上来。早起站在街上的人,都称赞这辆新车。黎老东在车的前面倒着走,有时用脚填平道辙,不断地指挥着六儿。

出村,黎七儿的双套大车,赶在前面。杨卯儿要到石门去办年货,坐在他的车上。出了寨墙口,黎七儿摇动鞭子,把车轰开,跟着跑了几步,然后一蹿身,坐了上去。他回头望望六儿,六儿也照黎七儿的样子蹿上了车。黎老东在村边望着,望着六儿的车转过大沙岗,才转回身来。

在十字街口,村长拦住了他,和他说了希望他加入合作社的事。为了打破他的顾虑,村长还热心地向他介绍了别的村庄办社,对于牲口车辆的折价办法。这些话,黎老东好像全然没有听进去,他往家里走,在别人看来,他那一直兴奋得意的步伐,忽然变得焦躁和不安了。

车辆转过大沙岗,突然停下来。小满儿怀里抱着一个小包裹，坐在一棵老杨树下面等候着。她站起来，爬到六儿的车上去了。

然后，黎七儿大声说笑着，摇动长鞭。两辆大车的后面，扬起了滚滚的尘土。

## 十九

每天，九儿回到家里，傅老刚已经做好了饭。知道女儿做的是重活，老人还是按照打铁时的习惯，做小米干饭。每天，父女两个坐在里间炕上，守着一盏小煤油灯吃着晚饭。

这两天，父亲注意到女儿很少说话，他以为她是太疲累了。他说：

"今天，有几个互助组，给我们拿来一些工钱，这些日子，我帮他们拾掇了一些零碎活儿。我不要，他们说我们出门在外，又没有园子地里的收成，只凭着手艺生活，一定要我收下。我想眼下就要过年了，你也该添些衣裳。"

"不添也可以。"女儿低着头说，"过年，我把旧衣裳拆洗拆洗就行了。爹的棉袄太破了，应该换一件。"

"我老了,更不要好看。"父亲说,"村长和我说,他们几个互助组,明年就要合并成合作社。村长愿意我们也加入,说是社里短不了铁匠活儿。我说等你回来商量商量,你帮我想想,是加入好,还是不加入好。"

"我愿意加入。"女儿笑着说,"这是最好不过的事。"

"我也是这么想。"父亲兴奋地说,"当然我们可以回老家去参加。可是,这里的工作更靠前一步,我们和这个村子又有感情,就在这里参加也好。村长还说,他们也希望六儿家参加,那样,社里有铁匠也有木匠,工作方便得多。可是黎老东正迷着赶大车,不乐意参加。这些日子,我总见不到六儿,你见到他了吗?"

女儿没有说话。

"你不舒服吗?"父亲注意地问,"怎么看你吃不下?"

"不。"女儿说,"我只是有点儿累。"

她到外间去收拾锅碗。

"我和黎老东吵翻了。"父亲在里间说,"这只是一人一家的问题,只是两个老头子的问题,算不了什么。你不要把这件事情放在心上。"

"我没有放在心上。"九儿说,"今年冬天,我看着爹的身体不大结实,我希望爹多休息休息。"

"你不要惦记我。"老人笑着说,"我这病到春天就会好起来的。今天晚上不开会,收拾好了,你早点睡觉去吧!"

九儿给父亲铺好炕,带上屋门,到女伴们那里去。

今天夜里,天晴得很好,月亮很圆,很明净,九儿在院里停站了一会儿,听了听,父亲在吹灯躺下以后,并没有像往常那样咳嗽。她的心情也明快平静下来,她觉得她现在的心境,无愧于这冬夜的晴空,也无愧于当头的明月。她定睛观望,好像是第一次看清了圆月里那只小兔儿的可爱的活泼的姿态。

## 二十

童年啊,你的整个经历,毫无疑问,像航行在春水涨满的河流里的一只小船。回忆起来,人们的心情永远是畅快活泼的,然而,在你那鼓胀的白帆上,就没有经过风雨冲击的痕迹?或是你那昂奋前进的船头,就没有遇到过逆流礁石的阻碍吗?有关你的回忆,就像你的负载一样,有时是轻松的,有时也是沉重的啊!

但是,你的青春的火力是无穷无尽的,你的舵手的经验也越来越丰富了,你正在满有信心地,负载着千斤的重量,奔赴万里的途程!你希望的不应该只是一帆风顺,你希望的是要具备了冲破惊涛骇浪、在任何艰难的情况下也不会迷失方向的那一种力量。

一九五六年初夏

村歌

## 上篇　互助组

### 一

老邴区长和县妇救会王同志到张岗组织农民生产，住在妇女生产部长香菊家里。王同志整天去开会，老邴实际上只处理着村里的事务问题，整天忙得下不来炕。村里陈年烂芝麻的老账，都找他来解决，他觉得这也是自己分内的工作。另外，他自己是个工农干部，最害怕在群众面前讲话。他讲话准备了半天，三言两语就完了，又好发脾气；所以什么召集大会，组织识字班的事，他就乐得叫王同志去。

村生产委员会的妇女生产小组，已经组织了八组。今天又开会，王同志同香菊吃过早饭就走了，香菊临走告诉老邴给她看门。

老邴留在家里，一个人在台阶上坐着看文件。

香菊家院里什么东西也没有，只有一棵枣树。旱枣涝梨，今年枣儿挂得很密，树尖上的已经全红，有的裂纹了。窗台下疏疏拉拉种着几棵扁豆，没有多少花。

香菊是贫农，老邴觉得这和自己的家里，仿佛完全一样，他想起了还在冀南老家一个人过日子的母亲。他想香菊的爹娘早早死去，一个小姑娘，还养活着一个妹妹，过这样的日子，多么艰难。

他听见吃吃的笑声。转过脸来，看见一个姑娘抱着一个小孩，正用青秫秸打枣，逗着小孩笑。这姑娘细长身子，梳理得明亮乌黑的头发，披在肩上；红线白线紫花线合织的方格子上衣，下身穿一条短裤，光脚穿着薄薄的新做的红鞋。

她仰着头望着树尖，像是寻找哪一个枣儿红得透，吃着可口，好动手去梛。

那姑娘准备好一个姿势，才回过脸来。她好像早就测量好了方位距离，一眼就望到区长的脸上，笑了笑，扔下青秫秸，和孩子哼哈说笑着转身走了。

老邴看准了她的脸，她的脸在太阳地里是那么白，眼睛是那么流动。老邴想：为什么不认识这个姑娘？她为什么不去开会?

那姑娘走出院,往东去了,拐进一个白梢门,又回头望了望。

老邴觉着奇怪,跟到那里看看。一进白梢门,是三间土甏北房,新糊的洒油的窗纸,镶着小玻璃镜。那姑娘在屋里脸贴着镜子,望着老邴。

老邴站在院当中,问:

"你们在这里住呀?"

"嗯。"那姑娘笑了一下说。

"你家里尽有什么人呀?"

"他们全不在家。你有事吗,区长?"

"没有事。"老邴一时觉得不好意思,要转身出来。那姑娘却爬下炕走出来,站在门台上,回身取过一个小板凳,放在老邴面前,笑着说:

"区长,坐一坐吧,你轻易不到我们家里来。我有个问题,和你讨论讨论。"

"什么问题?"老邴坐下来。

姑娘没有说话。老邴看见这姑娘的脸上擦着粉,两道眉毛虽然那么弯弯的,左边的一道却只有一半,在眼睛上面,秃秃的断了。

老邴说：

"你家里的人，都到地里去了吗？"

"没有。"

"去开会了？"

姑娘的脸一红，她说：

"没有，我正要和你讨论这个问题。"

"你说吧！"老邴有些不耐烦，"你叫什么名字？"

"我叫双眉。"姑娘说。

"你们也姓李，和香菊是一家子？"

"不是，我们姓郭。"

"你们常在一处做活吧？"

"不在一处，"双眉说，"我正要和你讨论这个。我问区长，凭什么，她们不叫我参加？"

"参加什么？"老邴问。

"参加生产组。"双眉的嘴唇有点发白，"不是讲生产吗？我们可以比一比呀！她们一天卸一个半布，我一天卸三个，她们不叫我参加。你看看！"她一扯自己的花褂子，"她们能织这样的布？一道街上，都到我这里来讨换布样子；可她们不叫我参加。"

"谁不叫你参加？"老邴问。

"她们!"双眉的眼里噙着泪。

"她们说什么?"

"说我参加过剧团,有男女问题。"双眉的声音放低了。

"有错误,纠正了就完了!"老邴站起来想走。双眉又高声说:

"我没有问题。我问区长:什么叫流氓?"

老邴笑了笑。

"这里说得明白!"双眉跑到屋里,拿出一张报纸,交给老邴。在问事处栏里,有关于流氓的解释。

"我得叫她们看看报,她们为什么给我扣帽子!"没等老邴看完,双眉就把报纸扯了回去。

"我问区长:登台演戏算不算流氓?"

"那是宣传么,怎么能叫流氓?"老邴说。

"夜晚演戏算流氓吗?"

"那也不是。"

"出村演戏算流氓吗?出村体操算流氓?"

"不是那么个问题。"老邴说。

"什么问题?"双眉说,"她们就根据这个叫我流氓!我问区长:好说好笑,算不算流氓?赶集上庙算不算流氓？穿干净点算不算流氓？"

"报上说得明白，"老邴很郑重地说，"流氓主要是不生产。"

"却又来！"双眉扬眉一笑，"我一天能卸三个布。好说好笑是我的脾气，赶集上庙是我要买线卖布，穿的花布是我自己织纺的。我问问她们还能说出我什么来！"

"你家是什么成分？"老邴问。

双眉一转身就进屋里去了，走到外间，她回过头来叫：

"区长，你进来看看俺们的家。"

老邴跟了进去。外间屋一只木板床，上面放一垒大花碗，一块大案板，一条大擀杖，油瓶醋瓶盐罐，墙上挂一个大笊篱。双眉撩起西间的门帘，一条头打外的大炕一领新炕席，屋里是任什么也没有。双眉又把他领到东间，迎门就是一架顿机，机上还安着没织完的花格布，别的陈设也不多，可是拾掇打扫擦洗得明亮干净。

"你们家里有几口人？"老邴问。

"四口。"

"种多少地？"

"五亩半。"

"牲口?"

"和别人插着一个小驴,"双眉笑一笑,"区长你说我们叫什么农?"

"按地亩和人口说,你们该是贫农。可是你们生活不错吧,你家案板那样大,敢是常吃白面?"

"俺家开的是起火小店。"双眉笑了,"你没看见那头那大炕?吃的就从这里边赚出来;穿的就凭我这两只手,织织纺纺。"

"我回去和王同志谈谈。"老邴说着走出来。双眉把他送到大门外边,站了好久才进去。

## 二

老邴回到香菊家,王同志和香菊全开会回来了,正等着他吃饭。

小二菊在当屋放下白木桌,听姐姐支使,用水把桌面洗了一下,又捡那两个大的完整的黑碗,给王同志和老邴盛上饭。

王同志文化高,上过抗战学院,下乡来,饭量很小,可是好吃乡下的"鲜儿"。香菊特别给她预备的有:大青豆角,新刨的没长好的山药,嫩棒子——王同志叫它老玉米，小二菊一听就笑。有些东西是香菊自己地里种的，有的就是小二菊随手从别人家地里摘来。

王同志、老邴和小二菊在桌上吃，香菊端着碗坐在屋门槛上吃。

老邴说：

"香菊，我今日个到一家开小店的家去了，那是谁家？"

"哪头呀？我们村里三家开小店的哩！"香菊仰着头问。

"东头路南那个白梢门里。"

"那是郭忠家。"香菊说。

"你不要到那里去吧，同志！"王同志剥着毛豆，"她家是破鞋哩！"

"我问问香菊，"老邴说，"他家那个姑娘，叫双眉的，到底怎么样？"

"很坏嘛，同志！"王同志啃着老玉米，"是个流氓！"

"香菊把她的历史谈谈。"老邴说。

"说起来，那话就远了。"香菊安稳地说。

"你从近处说。"老邴一看见香菊谈问题的时候那么老老实实，就笑了。

"双眉的姥姥家是拉大宝局的,双眉的娘从小就在那场儿里长大,听说小的时候就跟双眉一样,长得很好,有多少人想算着。她爹是街面一个光棍,却看准了开小店的郭忠,就把她嫁给郭忠了。郭忠是个有名的老实头,村里那些乱七八糟的人,就短不了往小店里跑,双眉的娘又是那么个不在乎的脾气,人们就说她的坏话,可是人家开的是店,那也不能比平常住家。"

"双眉哩?"老邴问。

"也有人说她的闲话,我看不准。"香菊说。

"毫无问题!"王同志说,"什么娘什么女,什么桌子什么腿!"

"过去,她当过女自卫队的队长,那时我们都怕她。可是那一次我们也是考第一。她好胜。她也参加过剧团,剧团里黑间排戏,回来得晚,她又好说笑,好打闹,好打扮,闲话就来了。今年整组,把她撤了,那时王同志在这村里。"香菊又补充了一段。

"那是一点也不冤枉的,双眉横着哩!"王同志吃饱,站起来到里间屋歇晌去了。

"当时是谁提出来撤双眉的职?"老邴问。

"那是小组会上提的,听说是西头大器提的劲大。"

香菊说。

"大器不是真破鞋么?"

"那倒是!"香菊笑了,"近来才听说她是叫郭环指使。郭环是大地主老太的侄子,他把家业糟了,年上没斗他。过去,他常往双眉家跑,在整组以前,听说双眉把他骂了出来!"

"啊,是这样一个人说双眉是流氓!为什么你们就听信?"老邴问。

"双眉也有她的缺点。她强迫命令,她瞧不起不如她的人,她说话刻薄,这样得罪的人就多了。有一个人一吹气,就刮起风来。"香菊笑了笑,站起来去拾掇桌子。

"你们为什么不叫她参加生产组?"老邴问。

"就为这个呗!她是撤过职的,人们不愿意和她成组,我们也怕影响不好,就没叫她参加。你的意见?叫她参加?"

"我的意见,叫她参加,也批评教育她。我们不能把真正坏蛋的话,当成金口玉言,把自己的人推在外边。"老邴也站起来,"你们再讨论讨论!"

"王同志!"香菊叫了一声,王同志在屋里睡着了,没有答声。"恐怕王同志不叫她参加哩,双眉当场和她顶过嘴！"

"那不是重要问题，"老邴说，"明天，你把我的饭派到双眉家去，我了解她家一下。"

"嗯。"香菊笑着答应了。

## 三

第二天，双眉很早就来叫老邴吃饭去。桌子放在炕上，双眉的娘、双眉的小弟弟和老邴一块吃，双眉盛饭。双眉的爹不好说话，和区长笑着打个招呼，就端着碗街上吃去了。

在她家一连吃了三天饭，老邴知道了这户人家的风俗和历史。

原来这个张岗镇是河间府通保定府的大道，事变前，村里的地主们在街上开了五六家绸缎店和两家大钱庄，造成村里多了无数的穷人，吸引来很多流氓。村里添了十几处赌局烟馆，在人民的生活上，也造成一种浮华和轻视正当劳动生产的风气。

那时张岗街上像唱着一台戏：街上热热闹闹，哄哄吵吵；种地的苦一年十二个月，除了直着送到地主家门的，还有拐个弯送到地主手里的，那就是经过各种摊派，经过当铺、钱庄、失盗、赌局……地主撒出粗的、细的、弯的直的吸血管，扎进农民的生活，肥壮他自己。

事变以后，一场暴雨，把张岗街面上的乌烟瘴气打下去了。消灭剥削，就斩断了烟犯、赌徒、暗娼、偷盗的根基。绸缎庄不开了，钱庄关门，街上出现了广大的土布摊。游手好闲的人少了，大家知道劳动生产是光荣。

郭家这个小店，从郭忠的爷爷开起来。小店的历史这样长，祖父孙三代又保持着分量大、作料足的卖面方针，老主顾就特别多。店门口也不挂笊篱，也不写"招待客商草料俱全"，可是每逢张岗三八大集，那些推车的小贩，担挑的匠人，就像奔回自己家里一样，来住他家的店。

郭忠是个老实人，客人也多是熟主顾。客人进了门，他有时也不打什么招呼。客人放好车子、担子，就帮着内掌柜去挑水，做饭。

### 四

为了叫双眉参加生产组，老邴和王同志争吵了好几次。王同志一口咬定这影响不好，批评老邴不了解情况，认识人不深刻；老邴批评她单凭印象，不从阶级关系上分析问题。最后王同志允许双眉她们单独成立一个组，这一组里，包括双眉，双眉的娘，东头说媒的大顺义，西头好抹牌的小黄梨。把她编到这么一个组里，双眉又找了老邴来，老邴对她说：

"做工作么，不能挑拣同伴。她们落后，我们帮助她们，要紧的是做出成绩来。"

"是，我要叫她们看看！"

"也不能赌气做工作。"老邴笑着说。

"区长，不要光和我讲大道理。"双眉也笑了，"这几个人管保连个会也招集不成。"

"你怎么能管保？回去你就把她们叫到一块，我也参加。"

"啊！"双眉松了一口气，"区长要参加，她们不敢不来！"

"唔！"老邴说，"要好好和她们商量。你有一个缺点，就是强迫命令，不要再犯这个毛病。"

双眉回去了，晚上老邴去参加她们的会。

王同志说笑话：

"邴区长不是不好领导开会？怎么对这个模范组产生了兴趣？"

老邴说：

"唉！这是你们妇女的事，你还开玩笑！你说她们落后，难道我们的任务光是领导那些骨干积极分子？"他望望香菊，"世界上要都是香菊，我们就吃不上一斤四两小米了。"

"区长又夸奖我！"香菊正点着灯纺线。

小组的会在大顺义家开，区长一到，那几个妇女早坐在炕上围成一圈等着了。双眉坐在炕沿上，看起来很是高兴。

老邴一进屋就笑着说：

"看，你们坐的，中间就缺一幢牌。"

"区长尽揭我们的老底！"大顺义笑着说。

老邴坐在迎门橱旁一个小木凳上，望着双眉说：

"你看，到得多齐，做工作不能主观。"

双眉笑了笑。大顺义说：

"人家把我们几个落后顽固编成一组，我们越得争气，不能叫俺们姑娘现眼，栽在她们手里！"

"栽在谁手里？"老邴说，"我们都是一家人，工作做好了，大家好，做坏了大家都有责任！不能把自己当外人看待！"

"区长说得对!"双眉的娘说,"我们欢迎区长给我们讲讲话!"

大家就啪啪地鼓起掌来。老邴的脸顿时红了,他站起来说:

"我不会讲话,我讲一点。张岗街上的事,我也明白了一点。过去,在旧社会,张岗街上坏人很多。人家说:张岗街上从这头数过去,隔一个门一个破鞋;再从那头数回来,又是隔一个门一个!这都是胡说八道!坏人是地主封建阶级造成的,他们剥削穷人,他们逼着穷人做下贱,他们又有钱,又有得玩。这群王八蛋!现在是新社会,为什么没有那些坏地方,坏人了?劳动是光荣的,赌钱是可耻的,我看谁再敢赌钱,我把他抓起来!这些坏蛋,天这么旱,他不到地里浇园,他赌钱……"

老邴喊叫着。头上流着汗,拉下头上包着的手巾来回擦,吓得几个妇女坐在炕上纹丝不敢动。讲着讲着,他想起来,又发脾气了,就坐下来,笑着说:

"我一讲就着急,你们自己谈一谈吧,双眉你领导开会吧!"

说完,他站起来,出去了。

大顺义说:

"区长好大脾气呀!"

"不,"双眉说,"他和人闲说话,慢言坷语,顺情顺理,可好脾气哩,他是一讲话就——"

"你看,"小黄梨说,"这才没有的事哩,叫他把我们骂了一顿!"

"各人的秉性,"大顺义说,"人家说的不都是实话吗!说咱们的吧,双眉你说吧,叫你娘们怎么着?"

"怎么着?"双眉立起身转过脸来,"就是组织起来呗!"

"咱这不是组织起来了吗?"大顺义直直地坐着笑着说,"咱这不是到了一块吗?组织起来就是叫我们这几个老婆围在炕上坐着吗——我想该还有下文。"她把嘴一撇。

"敢情要光叫这么坐着才好哩!"小黄梨也笑笑拍拍大腿说。小黄梨连牙都是黄的。

"组织起来就是叫咱们一块做活,大伙帮着,我给你做,他给我做呗!"双眉说。

"那就是插伙着做活呗,咱们这里叫攒忙。"双眉的娘说。

"要是攒忙,还用着这么大折腾,是长年的吧?"小黄梨说。

"长年的,"双眉说,"咱们谁也不能散劲!"

"不能散劲!"大顺义说,"咱们要和他们挑战哩!"她在炕上欠起身子来。

"对!"双眉低声轻轻地说,"大娘们,咱们可得要做出个样叫他们看看,争这口气!"

## 五

这个组算成立起来了,第二天互助组长联席会,香菊也通知双眉参加了。

王同志带着讽刺的口吻,称呼这个小组叫"模范组"。其实在村里,在当时王同志的初心用意上,这就是一个"流氓组"。

在村中小学里,有所谓"调皮组",那是把调皮的孩子们编到一起,叫他们自相攻打,叫别的同学歧视他们,叫他们小小的心里感到孤单,有时还会自暴自弃。

在村中还有落后组,那是把地主富农被斗户们组织在一起的。

双眉感觉到了这一点,在会场上她那弯弯的眉毛一直簌簌地挑动。她在会上和全村认为顶棒的李三互助组挑了战，使全场的人都吃了一惊。

李三是大顺义的男人，这人是个木匠，可是除了木作活样样做得好，他还能盖房、烧窑、打磨、全梢、锯盆、锯碗、糊裱房子。他是全村最有用的人，并且脾气好，做活实落。

他这组的人包括：李大印，是长年打柚凳的小伙子；李小亮，有名的身大力不亏，做一天活回来，还要和人在场里比赛搬倒碌碡；只有一个小兴，是个高级班学生，参军以后，几天就跑了回来，光会唱歌演戏吹口琴，地里的活不通，是生产委员会看着李三这个组太壮了，才给了他这个"饶头"。

双眉和李三挑了战，李三组里的兵马，感到有些侮辱了自己的威名。和你们挑战，就是赢了你们，还能增加多少光彩？可是李三老老实实答应了。别人说：

"双眉那组里有大顺义，李三你可得小心点，……"

李三在地下磕磕烟袋，笑了笑说：

"这是开会哩，别闹。"

他们挑战的条件是：订好计划，坚持全年，带动副业，争取模范。

李三的副业是：春天打凳盖房，冬天开木货厂。双眉她们是纺线,织花布。

## 六

两组的生产计划都叫小兴写。歇晌的时候,给自己组写好,兴儿就走到村西水坑旁边的大柳树下面,躺在那块大石板上。

这块大石板,在下雨的时候,村里流过水来,从这里泻到大坑里去。今年天旱短雨,坑里的水很浅很浑,有几只鸭子在里面搅。

这个小青年有点心事。原先他和双眉很好,两个人一块上高级班,一块参加剧团演戏,老是配角,两个人合演过《兄妹开荒》,也演过《夫妻俩》,两个人一上台,真是越唱嗓子越亮越高,演得越来越讨彩。兴儿参军那天,那时双眉正受了打击,还是跟在人群后面,一直把他送到村外。第二天,兴儿从城里回来看家,正赶上双眉在集上卖了一个布,就偷偷塞给他两万。

现在,兴儿想,一切都完了。自己跑回来,成了黑人,她也不愿意理他。又挑的什么战,订的什么生产计划呀!

头吃晚饭,兴儿把头上的新白毛巾箍了箍,把腰里的新皮带紧了紧。他估计在这个时候,双眉是常常站在门口的。他往东走,很远就望见双眉在那里往这边看,随着就转过身子去。兴儿慢慢走到她跟前说:

"双眉,你们不是订计划吗?"

"订吧!"双眉连头也没转过来。

"在哪里订?你们有纸没有?"

"什么也齐全。"双眉往东走。

"到哪去呀!"

"到大顺义那里去。"

兴儿跟在后面,心里有点火。大顺义家在村子外边,走出村去,双眉的脚步就慢了,她说:

"好好的你跑回来干什么!"

兴儿没有答声。

"嘿嘿!"双眉在前边笑。

兴儿想转身回去,双眉并没回头,可是她说:"走啊!"

兴儿又跟上去。双眉说:

"你为什么跑回来?你不怕丢人,你怕死!"

转过一个大苇坑,她又说:

"我要是你,我就扎在这水坑里死了!"

"你别激我！"兴儿喊。

"我激你什么，"双眉小声说，"你激得起来？你有脸箍着新手巾去，你还有脸箍着新手巾来？抽皮带，上前方打仗那才有用，那才好看；在家门口抽上那个给谁看，给谁看着生气呀！"

兴儿忍不住，他转身就往回走，他想找个地方去痛哭一场。双眉却跑过来把他抓住：

"你上哪去？和我去订计划。"

兴儿只好又跟她走。天大黑了，天上长了云彩，大顺义在喊叫她男人吃饭。

## 七

大顺义和李三吃着饭，双眉把她那一组人叫齐。吃过饭，李三擦擦他那连鬓胡子的嘴，往后一退，靠在被垛上抽烟。大顺义赶紧把吃饭桌子擦了擦，把灯往兴儿面前一推说：

"给我们写着吧，先生。"

"纸！"兴儿丧丧地说，从怀里掏出钢笔。钢笔不强，却装在一个非常华丽精致的钢笔套里，用一条红丝线系在身上。兴儿很快把笔套掖到怀里，偷偷看了双眉一眼。

双眉背着脸坐在炕沿上,也正在怀里掏什么;她掏出一张叠好的糊窗户纸,往桌子上一扔。

"怎么订法呀?"她转脸笑着问。

"我们是这么订的,"李三说,"那就像个章程一样。先把你们几个人的名字写上。"

兴儿已经开始在那里写,他一笔一画地先写上郭双眉,抬起头来问小黄梨:

"你怎么写?"

"我怎么写,她们怎么写我就怎么写!"小黄梨说。

"你姓什么?"

"这里姓李,俺娘家姓黄。"

兴儿就写上了,笑了一笑。

"你给我写的什么?"小黄梨爬过去问。

"写的你的姓名呀!"

"你写的我叫什么?你没有好事!"小黄梨退回去说。

"下边写上你们各人家里的地亩、牲口、农具。"李三说。

兴儿又挨个问着写好。

"你们要带动副业,"李三又说,"还得把机子、纺车、落车、落子、柱、缯,全写上。"

"纺车家家都有，"双眉说，"机子就俺们家有一张。"

"今年冬天，我再给你们组里打一张。"李三说。

"你家不是有棚缯？"双眉问小黄梨，"你怎么不报？"

"那是从俺娘家借来的，能入在这个伙里？"小黄梨说。

"什么你娘家借来的，不是你那年在集上买的？"双眉说。

"写上吧！"小黄梨说，"反正我也不还她们了，要不显着我多么自私似的！"

"还写什么？"双眉问。

李三说："你们到地里做哪些活，到家里又做哪些活！"

"到地里，无非是锄个小苗儿，打个棉花叉儿，薅个菜苗儿，摘个豆角儿。"小黄梨说。

"耕地拉耢子，我们也去！"双眉说。

"家里有男人的，重活还是叫男人们去做；没有男人的，就你们帮助去做，或是和男组换工。"李三说。

这些全写上。李三又说：

"按上级说的，最好是计工清工，或是按季说，或是按这一畔活说，这样又清楚，又没有话说。可是俺们那组,都说大家既是合事,才组织到一块,不愿意分斤拨两的,显着薄气,又嫌麻烦。我看,你们还是讨论讨论计工清工的办法,日子长了,一家子还有话说哩!"

"俺们也不那么小气,俺们也不弄那个!"小黄梨说。

"那你们就再写上几句话儿在后边,这计划就行了。"

"写什么话儿?"双眉说,"俺们就写上咱两组挑战的条件!"

她们决定明天先到大顺义家去打棉花叉。

## 八

夜里下了一场雨,虽说不大,但农民们很高兴。第二天,人们起得很早,都到地里去了。互助组们更起劲,都说这场雨是给他们助威。他们排队走着,背着大锄,光着肩膀。雨过天晴,庄稼精神起来了。大道小道,充满男男女女的说笑声音。

双眉天不亮就起来,把人叫齐,到大顺义地里去。她换上一件新褂子,地里露水很大,她卷着裤腿。走在路上,小黄梨赶上来说:

"双眉,俺家那山药该翻蔓,要不先给俺们干一天吧!"

大顺义说：

"可别，吃喝我都给你们预备下了。"

"下了这么场雨，山药不翻可不行！"小黄梨说。

"棉花不打叉，不也会疯？"大顺义出气都粗了。

"你要那么说，"小黄梨说，"不给俺解决困难？"

"谁说不给你解决困难？"大顺义说，"开会怎么讨论的？你那时还假张支，推推让让哩！下了一场雨，就不认账了？日子长着哩，像这样说了不算，算了不说还行！"

"你别教训我！"小黄梨气得脸上像又糊上一层金纸，"你要这么说，就各干各的吧，我去翻俺的山药蔓！"说完，转身就走。

"你就去！"大顺义也喊起来，"没你俺也不能不种地！"

双眉急了，她喊住小黄梨：

"别走，你回来，这是干什么呀？给我脸上不搁呀！"

双眉的娘也劝说，才把小黄梨拽到大顺义地里去。

几个人在地里打棉花叉，小黄梨很快就到地头了，在小柳树下坐着。大顺义满脸不高兴，一个劲拿眼斜楞小黄梨。到了地头，大顺义说：

"给人家做活，心也得出个公平，得像给自己做活一样，不能糊弄人！"

"我怎么糊弄人了？"小黄梨顶上来。

"你给俺拿净了吗？"大顺义拍着巴掌问。她两步就跑到小黄梨把着的那几个垅里去，劈着棉花看，她说："你们来看看，这是给俺做的活，这么些叉都没拿，成心叫俺再拿一回？这组成不上来了，散了吧！"

"谁离了谁过不了呀，不成组不也是过了半辈子吗？"小黄梨拍拍身上的土，走了，双眉再也叫不回来。

在近处地里做活的人们，都望这里笑。双眉的脸红到脖颈子上，她喊："这不是耍猴给人家看！"她直直地望着小黄梨那背影。

小黄梨走得很快，到自己地里去翻山药蔓。双眉跑过去，她娘在后面喊她：

"双眉，你可不许和人家闹！"

双眉在地里跑了两步站住了。她一下记起区长那句话："你有个缺点！就是强迫命令，不要再犯。"双眉心里很是难过，她想："难道说，头一天就散了吗！"她又叫了两声，小黄梨只装听不见，蹲在地里翻她的山药蔓。

"那就先不要叫她了，"双眉对组里人们说，"我们先把棉花叉打完！"

双眉做活又仔细又快。可是，半天她也没讲一句话，她在心里想事：

"做工作是一定要碰钉子的，"她想，"你得想想为什么碰了钉子！""想什么！还不都是自私自利！""可是，"她又想，"我们的任务就是要把自私自利的人组织起来，叫他慢慢变得不再自私，你得想法！""上哪去想法呀？"她抬抬头。"看报纸？我们的报纸就告诉我们做工作的办法。""有时候，那些办法在我们这个坏村子里用不上。"她皱皱眉。"还得领着去做！比如说，我们这个组，今天为什么闹意见？还不是为的下了这场雨，都愿意先把自己地里的活做完，多打粮食！那我就说服大家加油干，活要做得地道，又要快，谁的地也耽误不了。"她在心里决定下来，和人们说笑着，她说：

"这点棉花，用不了一天工夫！"

几个妇女，看见双眉卖力，她们也就笑着加油！双眉说：

"咱们落后多着哩，人家外国都用机器摘棉花哩！人家那棉花，什么颜色的也有！"

"那就不用染布，"大顺义说，"这会颜料这么贵！"

"不是说：推碾子拉磨都是机器吗？"双眉的娘说，

"到了那时，我就不用老围着磨转了，开着这么个小面铺，成天价得磨面。"

"什么时候才到人家那样呀？"人顺义说，"听说解板有机器哩！俺当家拉一天大锯，黑间就喊腰痛！"

"到那时候，才好哩，听说村里都有电影看！"双眉说，"我就是没见过电影！"

"咱这辈子，不知道赶得上不？"双眉的娘说。

"为什么赶不上？"双眉说，"那很快哩！我再考考你们：你们说毛主席号召的组织起来怎么讲？"

"组织起来，就是成组呗！"双眉的娘说，"组织起来，就是叫我们慢慢入大伙。"她高声笑了。

"对么！"双眉说，"娘说对了，学习毛主席的话，你不能光看字眼，你得往大处想，往远处看，那才是毛主席的意思。他一步一步领着我们往前走，我们的步子得迈大点！我们加油！"

几个妇女快活地努力工作着，受着感动。她们渐渐忘记是在谁家的地里工作，她们觉得是为那毛主席指示的，大伙的幸福生活工作着。

不到晌午，她们就把这一块棉花叉打完了，双眉说：

"我们去帮小黄梨翻山药蔓吧！"

"她不帮人，帮她干什么！"大顺义说。

"她一个人翻不完那么一块山药蔓，我们去帮她。"

## 九

双眉的互助组没有垮台，晚上，她们开了一个检讨会。过了几天，组里又添了两家抗属，工作更热闹了。双眉工作得很起劲。她每天看报，学习各地方互助组的经验，又给大家讲。

老邴把双眉互助组当作一个经验，叫王同志给县里写个汇报。王同志说：

"介绍个好的组吧，她们这个组没有什么介绍头！"

"什么组算好组？"老邴问。

"你不了解情况，"王同志说，"昨天晚上，村里贴了一张黑帖。"

"什么黑帖？"

"黑帖上画着一个女的，打扮得很好看，站在梢门口。远处有一个青年小伙八路军，从队伍里跑回来。人们都说跑回来的就是兴儿，站在门口的是双眉，因为门口上面还挂着一个笊篱。"

"这都是无聊，叫他贴吧！我们不要光注意这个，他挡不住我们革命!"

"可是,"王同志说,"还有谣言哩,说双眉和你有问题哩!"

"有什么问题!"老邴骂着。他想了想又说:"我们不管这些,晚上开会,还是介绍双眉她们的经验。同志,你记着,我们是来给穷人办事,那些人自然要反对破坏我们哩!"

这天晚上,张岗全村开生产大会,还请了邻村的剧团来演戏。

区长在大会上介绍了双眉的互助组。他要说的是互助结组,要出于自愿,要有骨干领导,要有教育批评;要计工清工;要发挥力量,提高农业技术,几个问题。可是第一个问题还没说完,他就对村里一些坏蛋,贴黑帖子,造谣破坏,发起脾气来。还是李三上去才把那几个问题讲完。

双眉站在台下。区长介绍她们这个组,她仰头听着,不断压下嘴角的笑纹。听到贴黑帖子的事,她紧紧皱着眉毛,低下头去。

晚上闷热。台上演着一出冬天的戏,一个演员穿得很厚,戴着大皮帽子,唱得又卖力气,唱着唱着满脸流汗，退到后台去了。剧团团长跑到前台来，俯着身子向观众喊：

"老乡们，我们的演员穿得太厚了，太热了，他到后台凉快凉快，请大家唱个歌好不好？"他就鼓起掌来，台下也鼓掌。

双眉走了出来。今天晚上有月亮，她顺着村外那条小道回家去。当她走到那个大水坑的时候，她听见有个人叫她。

转回头一看，是兴儿。

兴儿紧跟上几步说：

"双眉，我明天就回部队上去！"

"你有这个志气？"双眉站住脚。

"我下了决心。"

"你知道人家给我们造的什么谣？"双眉望着兴儿的脸。

"我知道。"兴儿说。

"那你就走吧！"

"我问问你，"兴儿说，"我们还好不好？"

"你还往家里跑不？"双眉问。

"我不了。到了部队上，我要好好学习，工作。"

"那我们还是好。你走吧。"

兴儿笑了笑就跑了,跑了两步又站住说:

"他们演的这是什么戏呀,不嫌丢人!我走了,你还是把咱们的剧团成立起来吧。我知道你就看不上他们这个戏。"

十

自从那天夜里下了一场雨,天就又旱起来。天暴晴,夜里连滴露水也没有。高粱叶子,下边几个已经黄了,上边几个一见太阳,就耷拉下来。谷,有的秀出半截穗子就卡住了,像难产的孩子,只从母亲身上,舒出一只手来。

人们的眼,盼雨盼得发蓝。李三每天半夜里,就叫起他那一组的人来,背上水斗子到井上去。

井在小亮家地里,是眼老土井。天不下雨,井里的水也不愿意长,浇不到吃早饭,水就浅了,只好停下来,等着。就像那眼前的庄稼,等着,盼着,能有些雨水,浇在它们头上,流到它们脚下。庄稼不会说话,它们盼水盼的是多么焦急!

他们每天起来,就先看天,天上还是一丝云彩也没有。有时,他们浇着园,一抬头看见天角上长起一块黑云彩,他们就盼望着那块云彩,快快飞到头上来。他们等待那一声雷响,等待那雨淋到他们的头上。

只有他们的汗流不完,那块黑云慢慢地消散了。浇园的人从辘轳上拉下那汗湿的手巾,擦擦涨红的脸,无力地坐在井台上。

## 十一

王同志还是每天晚上召集人们开会。人们浇了一天园,又累又没心思。在一个大场院里,王同志守着一盏大油灯讲着,人们却四散在墙角睡着了。王同志讲起话来,至少是三点钟。等到她讲完了,走了,人们才相互叫醒,看看天上的三星,说:

"不早了,又该到地里去了!"

王同志回到家里和老邴发牢骚,有时还和香菊发脾气,说张岗的群众落后,疲沓。老邴说:

"我看眼前还是少开些会吧,人家都忙着浇地。"

"那我们就完不成任务。"王同志说。

"什么任务?"老邴问。

"我们组织起来的还不到百分之五十。"王同志说,

"就是已经组织起来的这些组，不好好教育，我看也不巩固。"

"这几天，我们要多给他们想点浇地的办法。"老邴说。

老邴看出来，这些天，就是香菊也常常愁眉不展。她吃得很少，可还是照样给王同志和区长蒸些好干粮，炒点熟菜，她和小二菊却一口也不肯吃。这天吃饭的时候，老邴说：

"香菊，天旱了，年景不保，我们都省细着点，把这棒子干粮和熟菜免了吧！"

香菊笑笑说："不在乎你们吃，你两个可能吃多少？就是这个坏老天爷和我们穷人作对，它就是不下雨，我这两天浇着也没劲了！"

老邴没有说话。吃完饭他找李三去了。王同志刚要回到屋里歇晌，大顺义赶来说："王同志，我和你讨论个事，人们想着求求雨，叫我问问你许可不？"

"求雨？"王同志说，"经过八九年的教育，你们这里还这么落后？我们那里连庙都早拆了！"

"我们这里也拆了！"大顺义说，"可是，老不下雨，人们实在急了！"

"急了也不能求!"王同志坚决地说,"我在这村里工作,你们求雨,嚷出去,那不是笑话吗?"

"附近的村子有求的哩!"

"他们求,求他们的,我们不求。"

"那我就去告诉他们一声。"大顺义又慌慌张张地出去了。

香菊也同小二菊浇地去了。王同志躺在炕上,刚一合眼,她听见街上"哇——哇""哇——哇"地叫着,像一群小青蛤蟆在街上路过。随着,她听见有一个人吆喝:"小兔崽子们,你们还叫!王同志就住在香菊家里!"

哇哇的声音就一个个低下来,过去了。

王同志从炕上跳下来,走到街上。一群小孩子,头上围着柳枝圈,手里举着一根芦苇,拥挤着走过去了,前边的几个已经又哇哇哇哇地叫唤起来。

一群壮年老年的妇女跟在后面,小黄梨走在她们前边,托着香盘。

一看见王同志出来,跟在后边的几个妇女,就从大道上闪开,退到墙根去。小黄梨也站住了。

王同志问:"你们这是干什么!"

"我们求求雨,天这么旱!"小黄梨说。后边几个上年纪的老大娘说:"同志,不让求,我们就回去吧!"

王同志问:"谁组织的?谁带的头?"

小黄梨说:"王同志,谁也没组织,这是群众的意见。"

"群众的意见?群众的意见也得先通过我!"王同志说。

"你看看哪,这里边尽是抗属!"忽然有一个男子的声音,王同志转脸一看,是地主郭老太的侄子郭环,穿着一件白背心,叉着腰站在高坡上。他向那些退到墙根的老大娘们说:"你们这些人!求雨有什么罪过,也值得害怕?要是不下雨,丢了年景,还不是老百姓饿肚子!"说完,就忿忿地转身走了。

"你们不要受坏蛋分子的挑拨!"王同志喊,她把小黄梨手里的香盘夺过来,扔在地下。"赶快散了回家去!我看谁敢求雨,我把他送到区里!"

"你就送我们到区里去吧!"一个白了头发的老大娘,从墙根那里颤动着腿走过来,"我的儿子在前方十年了,你把他娘送到区里去,你送送吧!"

"你抗属有什么脸!"王同志也急了。

"你说抗属没脸?这是你说的!"老大娘们全围上来,

指着王同志,"我们没你的脸大!你白吃了八路军的公粮了!"

王同志察觉到自己说错了话,脸涨得通红。她转身往香菊家里走,那些大娘们在她身后指点着,数说着:

"你看你穿得干干净净的,你说的话正确吗?"

"不管她!"小黄梨拾起香盘,"我们还是求雨!看她能把我们怎么了!"

"求雨!求雨!"老大娘们拥着小黄梨往前走。那群小孩子们站在远处看热闹,看见奶奶们胜利了,就又排成队转过身去,哇哇地学起蛤蟆叫,往大水坑那里去了。

郭环牵着大黑驴从梢门里出来,紧紧跟在后面,对老大娘们说:

"求,求定了,三天下了透雨,我们唱大戏!区里县里,一天一斤四两米,敢情他们不着急!"

"你这是干什么去呀?"一个老大娘问他。

"我去套水车。"郭环拉着牲口,噔噔从她们身旁过去了。

## 十二

大顺义气昂昂回到家里,看见李三正在外间屋里锛一块木头，就问：

"你也不睡会儿觉？这又是做什么？"

李三抬起头来，脸上的汗在一条条深深的皱纹里横流，用手抹一把，笑着说：

"我们组里只有一把小辘轳，一个人浇，一个人就得闲着。我们几个人又都闲不住，家里有这么点材料，我做一个对浇的花辘轳！"

"你给我放着！"大顺义跑过去就把那块槐木拉过来，"我还留着打纺车哩，你又做辘轳！"

李三说：

"你看你这人，天干火燎，是做纺车要紧，还是做辘轳要紧？"

"那你们还不叫求雨哩！"大顺义把木头丢在地下，一屁股坐在上面，"我看这个王同志主观劲就不小！"

"谁叫你们去求雨呀？"

"不叫求雨，你们就别叫地里旱。你们领导，你们可就领导得下雨呀！叫我说，光凭王同志这个领导，老天爷就不会下雨！老天爷看见她在这村里领导，有块下雨的云彩，也得隔着张岗村刮过去！"大顺义说。

"得自己想办法，不能干等着下雨！"李三过来拉那块木头。

"你就是不能做！"大顺义用劲坐了坐，推了李三一把，"你想往他们身上填多少东西呀？就是你这么着急，东西叫你一个人出，活叫你一个做，敢情便宜他们！"

"你填的什么东西呀！"李三问。

"什么东西？我气糊涂了，记不清了，你叫我想想。对！添了一把锄杠，是不？"

"锄杠安在你自己的锄上呀！"

"早晚不得入到伙里？"大顺义仰着头问，"那天修理辘轳架，叫你出工还不算，还使了咱五个大蘑菇头钉子，他们给过钱吗？修理水斗子，也是用的咱的材料，还有麻绳！"

"修理好了，你就不使？你家那地就不浇？"

"可是，"大顺义冷冷地说，"总是先浇别人家的，我们是做活抢在前头，沾光躲在后头！"

"我是干部呀！"李三喊起来。

"你模范！"大顺义也喊叫，"模范能当饭吃？我看今年冬天就够你过！"

"什么年月我也过来了。"李三坐在板凳上去抽烟。

"我不是不叫你做，"大顺义一下变得很和气，"我问

村歌 | 137

你：天旱水浅，小辘轳还不够浇，你忙着做大辘轳干什么用？"

"那井该掏了，掏一掏，水不就旺了！"

"你该死了？我不叫你掏井！你一天价喊腰痛，激病了谁侍候你？"

"你侍候他呗！"后边有人说话。大顺义回头一看，区长来了，就笑着说：

"我呀，我不侍候他。男女平权了，我也侍候他好几十年了，该换换班了！区长，吃过饭了？"说着斜了李三一眼，就到里间歇晌去了。

李三笑着让区长坐在板凳上，走过去，拉过那块木头，闭上一只眼睛照了照，放在脚底，举起了锛，说："区长，当个干部真不容易呀！里外夹攻，又得受群众的气，又得受家里的气！"

老邴笑了笑。

李三说：

"老百姓看得近，光愿意六月里摘瓜，不愿意二月里种籽。什么事也不愿意下本钱。这几天，大伙浇着园，越来越劲小了，都说是白费力。我说换大辘轳，他们说没水；我说掏井，他们说胶泥底白掏；我说安管子，他们说安不起。我说托人到端村去买竹子,我自己学做,自己学安,可以省下很多钱。就是这样,组里人们还是不大乐意。"停了一会儿,他又笑着说,"一步一步来呗,着急不行!可是天这样旱,不着急行吗!"

"等着你做好辘轳,掏好井,安好管子,地里的庄稼也就旱光了!"大顺义还没睡着,在里间插一句。

"就为的这一年?哪年不旱,哪年不红着眼盼雨?就算今年不见功,还有来年哩!"李三说。

"等到来年?"大顺义说,"一年得不到实惠,来年看谁还和你成组!"

李三没有说话。他低下头,手扶着锛,站在木头上。他想:内当家这句话说得对,得不到实惠,这互助组,就很难巩固。

"你不要灰心呀,老李!"老邴说。

"我不灰心。"李三抬头,又举起锛来,"我是怕别人灰心。"

"就按照你的计划一步一步做,我帮助你。"老邴说,"要紧的是我们不能泄气,越困难,我们越要猛干。什么时候掏井,你告诉我一声。"

村歌 | 139

## 十三

起了晌,李三和他那一组去掏井。双眉听说了,也把她那一组调过来帮着浇水浇泥。她对李三说:

"三哥,我们帮你们掏,你也得给我们掏掏。你做好了大辘轳,把小辘轳给我们。"

男女八个人到了井上,李三要头一个下井。他说:

"这井我知道,年久了,我下去看看。要有危险,你们就不用下去。"

大顺义仰头望着他说:

"你上点岁数了,又好腰痛,就叫他们年轻的下去吧。"

"怕什么?"李三笑一笑,坐在斗子上把着绳下去了。

双眉和大顺义浇泥浇得满脸流汗,大顺义恨不得一下把井里的泥掏完。她对双眉说:

"好侄女,我们卖点力气,快着浇,你叔好腰痛呢!"

"他不是刚和你吵过架,你还这么心痛他?"双眉笑着说。

"打了骂了,也是心痛他呀!"大顺义笑着,她不断地探着身子向着井里问:

"有闪失没有？"

"没有，快浇！"李三在井里喊。

人们在井台上说着笑着，换班浇着。不到天黑，把井掏完，水长得很好。李三提议：就着把小亮的地也浇了。大家全高兴地叫着"三哥"。

大顺义先回到家里，给李三煮了热汤面，叫他吃了早些睡觉。她躺在他的身边，用一把破蒲扇给他扇着蚊子。她说：

"你累了吧！"

李三闭着眼没说话，她又说：

"这样一掏，我看水长得很好。明天，你们再换上花辘轳对浇，我看咱那块小晚谷准长好了！"

"还要下上管子。"李三似睡不睡地说。

"还叫我们帮着下吧，我们也不少做活哩！"

"得叫你们，下管子很费力气！"

"我刚才听见说，别的组，看见我们掏了井，出水出得好，他们也张罗着要掏哩！他们说也要安管子，也求你帮着做哩，你有那么些工夫吗？"

"怎么没有！少歇会就有了。全村的生产弄好了，叫人们闯过这个灾年，比什么也好。"李三笑一笑说。

"过了这阵子,"大顺义说,"你得给我打个纺车!"

"给你打,谁说不给你打呀!"

"过了大秋,你还得给我们组里打张机子。双眉她们,都说叫我抽空求求你哩!"她笑着把头扎在李三的胳肢窝里。

李三在睡梦里喃喃地说:

"快睡觉吧,明天还要早起。"

"你睡吧,我不麻烦你了!"大顺义拉过被单盖在李三的身上,自己也睡着了。

她睡着,大声打着呼噜。她做了一个梦,梦见李三从井里掏出很多东西,里面有李三使用的洋锯洋刨,有她使用的洋机子和洋纺车。她坐在井台上试一试,那纺车转的是那样快,出的线是那样匀、那样细,双眉她们围着她跳着笑着,夸奖着。纺车转着,变成了大水车,水像瀑泉一样涌出来,流到她家那块小晚谷地里去;小晚谷一喝水,立时抬起头来,在风里摇摆着,小晚谷变成一群小孩子,穿着花红柳绿的衣裳,打着花棍扭秧歌。孩子们也围着她跳,也围着李三跳;她抱起一个男的,李三抱起一个女的。她凑近李三说:我们都是四十开外的人了,还没有一个孩子,我们就要了这两个小孩吧!

她睡着，把一只胖胖的胳膊放在李三的胸膛上。

## 下篇　复查以后

### 一

土地改革的复查工作传达到张岗。经过诉苦，农民们行动起来，是阴历七月十五。高粱全晒红米了，漫地一片红。农民的队伍从村里出来，敲打着锣鼓，绕过大水坑，先到郭老太的四十亩水车园子来。

这一套红漆牛皮大鼓，一直在家庙的西厢房里叫尘土漫封，农民不能随便动用。抗战以来十多年，还保留了这个习惯，村剧团只能敲那套小的。这一天，大会开过，一个农民提议：把家庙的门开开，把鼓拿出来，我们敲敲。十几个人跑去了，怀锣抱鼓，把全套家伙拖出来，在太阳地晒晒，大鼓的声音是震天的焦响！

人们喊："欢迎双眉来指挥！"

双眉从斗争大会上下来，通红的脸上流着汗，手里提着一根粗粗的青秫秸。她跑过来，就用青秫秸指挥。她说："一，二，将军令！"

大鼓敲起来,这是胜利鼓!

大鼓走在前面,双眉的花褂子,汗湿透了。两旁的艳红的高粱穗,一低一扬,拂着人们的脸。大鼓的声音,震得那珊瑚珠一样的高粱粒实,簌簌下落;落到地下,落到人们的头上、脖子上。

男人们把褂子脱下来,卷一卷,斜背在肩上。

复查从山地里一开始,消息很快就传来。那时天还很早,地主们把水车停下来,叫庄稼旱着。七月半,下了透雨,草也不除。现在,郭老太这块四十亩水浇支谷,野草齐到谷子的脖里。可是,谷子还是很好,沉甸甸地弯下来,在太阳里闪着金光。

一个农民在地头上插上一块牌子,上面写:贫农组没收谷地四十亩。他喊了一句:"这地是我们的了!"人们一齐喊!大鼓更响了,好像是土地自己发出来的声音。

队伍奔东去,在每块应没收的土地上,插上牌子。天晚了,太阳在一大块红云里滚动着。

大平原的田野,叫庄稼涨满,只有在大平原上才能见到的圆大鲜红的太阳,照着红的高粱、黄的谷、正在开放的棉花。一切都要成熟。红光从大地平铺过来,一直到远远的东方去。

双眉倒转着身子，指挥着大鼓，从村东的大道回村。在村口，大鼓的声音更激烈，农民们奔着地主的家门跑去，地主们仓皇从家里走出来。农民告诉他们：你们什么也不许动！

　　农民们激动、紧张地度过七月、八月两个月。李三当选了全村贫农总代表，双眉成了张岗妇女的领导人。从地主富农斗争出五顷地，全要收割，村里成立了秋收大队，双眉是妇女大队长。

## 二

　　每天，双眉摸黑集合妇女们下地，天很晚才收工。人们回到家里胡乱吃点东西，双眉又在月亮下尖声吹着哨子，集合人们开会了。

　　"选了这么一个大队长，连叫孩子吃口奶的工夫都没有了！"一个妇女扔下孩子，结着怀里的纽扣走出来，"她一个姑娘家，敢情干净利落，也不替别人想想！"

　　前边一个妇女搭了腔：

　　"连撒尿的空都没有。到家里，脑袋放不到炕沿上，就睡着了。有两个月没和俺当家的说句话了。"

　　地主们开始破坏庄稼。他们销毁那还没有灌好粒实的高粱和谷子,他们掘出还没长好的山药,拔走花生,踏倒棉花。

武委会的人们,夜晚背上枪,到地里看青。

双眉有一支小橛枪。这天晚上,她到没收的郭老太的地里去。她远远就放轻脚步,拨开两旁的庄稼,不叫它哗啦哗啦响。她看见有一个黑影,从谷地里站起,手里有一弯放光的东西,在空中一闪。她听到削倒谷子的声音。她跑了过去,喊:

"谁呀!"

那黑影立时蹲了下去。当双眉跑到地头的时候,那黑影站了起来,是郭老太那老头子。老头子四处张望一下,说:

"双眉吗?就你一个人?"

"就我一个又怎么样?"双眉说。

"我说就你一个,我就不害怕。"老头子阴森森地笑了。

"你为什么削我们的谷子?"双眉说。

"削你们的谷子?你们的谷子?"老头子狠狠地说,"这是我的谷子!我全把它削了!"

"我看你削削试试,你再削一棵!我把你送到代表会去!"

"不要吓唬我,双眉,不管怎样,我们还是一姓一家,我还是你的一个爷爷!"

"你是谁的爷爷?"双眉尖声问,"你是地主,我是贫农,我们不是一家子,你不要和我拉近乎。"

老头子无力地坐在地下,他说:

"就算我们不是一家子。我也不敢高攀,我求求你们,叫我收了这一季谷子,不行吗?"

"你凭什么收割?这地是你剥削来的!"双眉说,"我长了十八岁,没见你抓过镰把锄柄,今儿个是头一摸!只在破坏我们的庄稼的时候,你才抓起镰来!"

"你们不要赶尽杀绝!"老头子忽地站起来,镰刀在他手里抖颤,像受伤的鱼鳞,"我和你们拼了!"他转过身去,向谷子乱砍一阵!

"停下来!"双眉把背在后面的枪冲着老头子一扬,"你再砍,我放枪了!"

随着就往上一举,砰!

听见枪声,一大群农民跑了来,把老头子带到武委会去。

回来的路上,双眉和李三走在一块。月亮升上来,田里流着一股热气,通身燥热。

双眉说:

"这一天过得真热闹,这么晚了,还有一出戏。"

李三说:

"我们没有到战场上打过仗,今天算看见阵势了!你看人们从村里敲着鼓出来,那股劲!就有一座山挡在前面,也冲倒了!"

"要成年过这样的日子才快活!三哥,我今儿个心里像着了火一样。"

"到了这个时候,谁也沉不住气了!"李三也笑着说。

"三哥,我和你要求一件事!"双眉低声说。

"什么事?你说吧!"

"我要求入党,我要好好干一场,你介绍我吧!"双眉扬着手,好像要到天上摘下什么东西来。

她唱着歌:

> 十月里来呀高粱红,
> 高粱红又红;
> 姐妹们呀
> 集合齐了,

开大会呀

来斗争!

姐妹们

诉苦呀

泪双流。

拾庄稼

不敢走

你家的地边头;

穷人们

携儿抱女

风吹日头晒,

你家的

大小姐

不用下炕头!

七月里来棉花开了花,

你家穿罗又穿纱;

拾你一朵棉花,

挨死棍打。

那时候

你不认咱是当家……

### 三

好不容易把庄稼弄到场上，就开始分果实。刚分了一部分红货和衣裳，县里就来了指示，停下来。老邴和王同志也回县去了。代表会把粮食、红货、衣裳，点清入库封存，成立了保管股，李三是负责人。

保管股设在大三班的宅院里，这是一所大庄院，紧靠村南。这里原先是并排三处宅子，都是五进卧板灌灰砖房。东边的两座日本人拆去修了炮楼，旁边的大场院、碾磨棚、长工屋，也倒塌了不少。

现在，只留下了这一座。前两进的正房和偏房，全盛满了果实。过厅里是账房和伙房。第三进是木料和农具。

在保管股睡觉的，有原先给地主管过账的侯先生，衣服布匹保管李双进，牲口车辆保管郭老改是扛了一辈子长工的老光棍，还有做饭的小黑，过去也侍候过地主家。

第一次分果实，双眉分了一个小红漆方凳，一件紫色丝绒旗袍。她对这两件果实，非常满意。她说：东西不多，是个提念。她把小凳擦得透亮。这件旗袍，只要她知道谁家的姑娘要娶，就自动去说：

"我借给你件衣裳，是胜利果实呀，颜色好，穿上也吉兴。"

她又要成立剧团。按照本村复查斗争的真人实事，她编了一个剧本，把自己编进去，当主角。每天晚上找了过去剧团里那些人，在保管股的大客厅里练习。

客厅里可以容二三百人开会，李三说，到了冬天，就在这里开识字班。现在每天晚上，双眉拿一个大黑碗，叫小黑从大油缸里舀上半碗花生油，点着，和人们排戏。村里的人，吃了晚饭，也都凑到这里来。

小黑点上灯，顺便就对人们说：

"双眉就是行，能文能武。斗争地主，是好样的；你说文化娱乐吧，又能编能唱！"

双进也跟着说：

"就是男人，有多少比得上？你看戏词，你听唱腔，从小又没坐过科，真是天分！"

唱到夜深，碗里的油干了，灯花干爆，人们还不愿意散。有的说：

"小黑！去添油，大伙里的东西，斗争出来的，咱们不点小灯!"

李三从院里慢慢走进来,说:

"乡亲们,天不早了,散了吧!"

"可不是天不早了,该回去睡觉了,明天还有明天的工作哩!"人们说着走散了。

李三过去坐在方桌旁边,在油灯上抽着烟,看见双眉卷起剧本要走,就说:

"双眉,坐一会儿,我们谈谈!"

双眉远远站着,满脸不高兴,哑着嗓子说:

"我知道你对我有意见。"

"有意见。"李三笑一笑。

双眉走过来,把灯拨了拨,去添上点油,说:

"我就不明白,演演戏,唱唱歌,算什么毛病!"

李三说:

"我是说不该在这个时候,整宿隔夜地在这个地方演戏。双眉,你知道这是个什么地方。屋子里,我们放着三百个包袱,足有三千件衣裳,这是全村农民斗争出来的东西。你知道,斗争并不容易。你听过人们诉苦,这些包袱里,不是地主们的衣裳,里面有我们的汗,也有我们的血。老一辈的苦处在里头,下一辈的好光景也在里头。你说地主富农甘心吗？每天夜里，我总捏着一把汗，在这宅子周围，不知道要转多少趟。这责任过重，人家扔进一根洋火来，就毁了我们。万一出了事，我们对不起全村的农民，更对不起上级。"

双眉望着灯花，她说：

"三哥，你看着我不行，那就算了。我觉得在斗争地主的时候，我还不赖！"

"你敢说敢做，这一点比我强十分。"李三说，"这是你的大长处。可是在后一个阶段，你又犯了过去的毛病！"

"什么毛病？斗争地富是毛病？走在前头，站在前面是毛病？"双眉盯着李三。

"就是妇女们对你有点意见。"

"群众对我这人总有意见！这我早想通了，那不怨我，那怨他们落后！"

"双眉，我们说个笑话。就说那些日子你手里捉的青秋秸吧，捉着那个有什么用？"

"有什么用？你说有什么用？在斗争大会上，我拿它训教那些地主富农；在地里训教那些落后顽固队！"

"可是，我看见你带领妇女大队，手里也是捉着那个家伙。"

"我没有打过农民!"

"我见过你把青秫秸指到小黄梨的鼻子上。"李三说,"一举一动都要分个里外码才行!"

"那是我一时性急。"双眉低头笑了。

李三说:

"经过斗争,群众的认识提高了,多数的,并不比我们落后。我们再欺压他们,他们会找机会训教我们。"

"就是为这个,我和你提的事,不能解决吧?"双眉问。

"不全是为这个。这些日子事情多,支部还没讨论。"李三严肃地回答。

"说句实话,三哥,我觉得我在工作上,比起你们里面一些人,并不弱!"双眉扬扬眉毛。

"不能那么比。"李三说,"里面有些人,工作能力小,可也是在里面受了八九年的教育,经了考验。我们要常想到别人的长处。你就是净看着别人不如自己。"

"就凭这次复查,我自己觉着就够入党条件。"双眉说。

"不能抱着功劳来入党。党会注意到你这些功劳。最近我们要讨论一下你的问题。刚才我们谈的不要在这里演戏的事,怎么办?"

"不演就不演吧,我听三哥的。"双眉站起来,"可是我有时间自己练习练习,你可不要管我。"

"别引逗很多人来就行了。"李三说,"还有,把你们的互助组拾掇起来。"

"什么互助组?"双眉说。

"我们的互助组。我们不是挑过战,要坚持全年吗?"李三说。

"哎呀!"双眉笑着,"我们不是有了秋收大队,还要那个小互助组干什么使?"

"秋收大队是临时的。"李三说。

"拖拖拉拉干什么呀,赶紧入了大伙算了!"双眉说,"秋收大队多醒脾,一声哨子吹,人们就到齐,又好领导,又没意见。想起那个小互助组,就叫人头痛,总共不到四五个人,鸡一嘴,鸭一嘴,事情还是蛮多!"

李三说:

"秋收大队,为的是不叫庄稼烂在地里,秋耕种上麦子;那些日子,我们正在斗争,力量组织得越整齐越大越好。以后,地要分,粮食也要分,明年春天,还得是互助组。"

双眉不耐烦地说：

"不分就不行？我就不明白，为什么走一步又退一步！已经走出村去了，又退回炕头上去，有这样的理？以后反正是要集体吧，现在已经集起来了，东西在一块，人也在一块，大锣大鼓也敲过了，又要哼哼吱吱吹细乐了！油干了，三哥，我们明天再谈！"

## 四

她刚下台阶，就和一个提着雪亮的马灯的人撞了个满怀。

"谁呀？这么冒失，撞撒油了！"提马灯的是牲口车辆保管郭老改。

"你这是干什么，慌里慌张？"双眉笑着说。

"双眉呀！我当是谁哩？咱们有了大喜事。"老改笑得合不上嘴，"咱那小紫牛要添小牲口了，咳！就是身子弱，不准好添。小黑！"他冲着过厅高声喊叫："快起来！"

"我去帮着你！"双眉双脚跳着，"我们又多一个小牛了，我就待见小牲口。走！别叫他了！"

她拉着老改跑了出去，屋里的人们也听见了，跟着起来，明灯火仗跑到牲口棚里去。

直闹到天快亮，小牛才添下来。

第二天，支委会上，李三提出双眉入党的问题。七个支委有三个不同意，一个不表示意见。不同意的说：

"咱村的党也成立九年了，她很早就参加了工作，人们也想把她吸收，就为她这个作风，实在没个方寸。群众对她有意见。"

李三说：

"打春天受了批评，参加了互助组，也总算好多了。一个女孩子，咱们说的：从小呼吸着新民主主义空气长大的，也不能叫她像我们这些上点岁数的人一样。群众对她有意见，有时也是群众们的老理。我们看一个人，要从他的立场上看，工作上看。按工作说，成立了互助组，双眉的工作不错。在立场上说，这次复查，她不顾情面，斗争积极，带动大伙。那些日子，我们都觉着少不得这样一个人，就好比出兵打仗，这是一员闯将。我觉着可以讨论她的问题。"

副支书说：

"不好办。这个人好反油。春天批评了一下，好些了；这些日子，一当秋收大队长，又闹起来了。"

李三说：

"一个人总有一好，好唱歌唱戏也不是什么毛病。脱离群众的缺点，我给她指出来了，好好帮助，她可以改好。"

"有些地方实在不成话！一个十八九岁没出门的大闺女，黑更半夜，跑到牲口棚里，帮助老改去接小牛！这个作风，我怎么着也看不惯！"另一个支委气忿忿地说。

别的支委全笑了，李三说：

"这不是原则问题。"

最后算拧拧支支地通过了：交小组讨论双眉的组织问题。

## 五

支委会散会出来，李三来到街上，看见大庙跟前围了一大群人，小黄梨在里面指手画脚大声喊着。

和她对吵的是牲口车辆保管老改。泥洼里翻倒一辆大车，一条牛卧倒在乱泥里。走近一看，是昨天晚上刚下了小牛的那条紫牛。

老改气得浑身乱动，追着小黄梨：

"走！走！咱们到区上去说。"

小黄梨一边躲闪，一边喊：

"你这个穷光棍，你拉扯我干什么！有话，你站远点说！"

老改喊叫：

"乡亲们！这不是乡亲们都在这里！你们看看这辆车，这是五班那辆头号大车，空车也要四套才拉得动，她把这小牛套上！这牛，这两个月，人们光使不喂，弱得不行，到了月，小牛都养不下来。我们忙了一宿，才保住了大牛小牛的命。你单把它套出来！你成心吃牛肉是不？"老改狠狠地指着小黄梨，"你添了孩子，也得在炕上坐个十天半月；牛，不会说话，它，就不是性命？"

"你放屁！你这个穷光棍！你一辈子娶不上媳妇，把牛当成至亲！"小黄梨拍手骂着。

"我是穷！"老改说，"眼下穷人并不下三烂，你是地主！"

"你是地主！"小黄梨喊，"你不要出口伤人！"

"还有这车！"老改指着掉下来的一个车脚说。"人们光使不拾掇，有两月没抹过油，干磨，风吹雨洒，现在网也裂了，瓦也脱钉，我看你们使个蛋！"

"你不叫人们使，你放着它下小的呀！"小黄梨在做防御性的进攻。

人们说：

"别吵了，这不是三哥来了！"

李三赶紧和人们把车辕抬起来，把牛卸下；叫人们把车脚安上，赶到院里去。他说：

"再吵一会，就把牛压死了！乡亲们，这牛和车不是咱们的东西吗？"

老改拉了半天，才把紫牛拉起来，牛站了好几站才立定。老改二话不讲，怒气冲冲牵着牛走了。

他把牛拉到了保管股的牲口棚里，长长的槽口全空着，牲口都借出去了。只有那小牛躺在街角晒日头，不知谁给它脖里缠着一条长有四尺的红绫，有一头在地上曲卷着。

老改正在奇怪，他看见双眉从槽那头走过来，手里端着一个漂亮的小铜锅，没有看见老改。

"来！喝了这点米粥！谁知道老改把你娘弄到哪去了哇？"她对小牛说着，抱着小牛的脖子，叫它喝粥。

老改站着不动。双眉又说：

"你还不喝？你这饭碗不错吧？这是二举人熬燕窝的家伙哩，咱没见过燕窝，咱拿它来叫你喝粥！"

老改偷偷笑着。老牛看见了小牛，叫着跑过去，老改牵不住，才暴露了目标。

双眉看见了老改。老改擦洗老牛身上沾着的污泥，指着小牛说：

"谁给它脖子里缠上那个？"

"我呀！"双眉笑着说，"不好看？"

"哪里找的绸子？"

"保管股要的。"

"好看是好看，就是可惜了儿的。"老改说。

"别那么小家子摆式了，"双眉说，"牛是我们的胜利果实，小牛添在保管股，又是一件大喜事哩！"

## 六

晚上，人们又来看排戏。一进保管股，看见过厅里黑洞洞，没有双眉，人们就回去了。大顺义和小黄梨也来了，出了保管股的大门，大顺义说：

"戏是看不成了，咱们去看老改吧！听说他那老牛添了一个小牛，老改像侍候坐月子的，把大人孩子全打扮得像新媳妇一样！"

小黄梨说：

"你去吧,我不去,白天我才和他吵了架,那么没昂气?"

"唉,"大顺义拉着她,"咱们多会不和他争争吵吵,记恨这些还有完吗?听说老改这些日子,分了点东西,手里很富裕,想寻个人儿,咱们去探探他的口气。这个年头,人们手里全有些尺头,说成了,比纺一集线子不赖!"

小黄梨就跟她去了。

一到老改住的小南屋,只点着一根熏蚊子的蒿绳,没有老改。大顺义给他把灯点着,两个人在屋里坐了一会,又端着灯出来,看见那老牛闭着眼卧着,小牛趴在怀里睡着了。小黄梨拉拉那小牛脖里的红绫子说:

"真糟年景!你看拿回去,过年给小孩子们做个帽子,多好看。"

正说着,老改提着一个马灯通通地回来了,后面还跟着一个人,不认识。老改问:

"谁们?"一看见是小黄梨,他喊,"啊!你干什么?你又来刨治它们!你想偷我的红绫子!"

大顺义站起来说:

"你这个兔子!狗咬吕洞宾,不识好歹人!我们给你解决困难来了！"

老改说：

"我有什么困难，叫你来解决？"

"我们来给你说媳妇来了，官还不打送礼的，你倒撵起媒人来了！"

"顾不上！牛病得快死了，"老改忿忿地说，"你死了到阎王爷那里去告一状，叫她来个眼前报！快走！快走！"他推着小黄梨，"再不走，我就叫武委会了！"

小黄梨和大顺义赶紧跑出去。

老牛回来就不吃草。老改到大官亭去请来一位兽医，这位兽医在这一带是很行通的。老改给三班扛活的时候，常套了轿车或是备了走马去请的。这天，老改去了，正赶上兽医有事，又见老改走着去请，就说没空不能来。老改说：

"我喂不起牲口，当真是我的牲口，死了就死了！这是贫农组的牲口，又有一个小牛，无论如何请你走一趟！"

兽医一听是贫农组的牲口，就说：

"那没说的！我有多么要紧的事，也得放下先去瞧牲口！"

老改又说：

"论说我们张岗贫农组的牲口可不少，车辆也多，全借给农民去秋耕地了，只好屈你走一趟！"

兽医说：

"天下农民是一家，现在不能像过去。过去是给地主财东做事，现在是给咱们穷哥们服务，再不能拿架子摆谱！"

来到槽上，兽医翻开紫牛的眼皮看了看，又摸了肚子，掏出舌头看了。问了问情由，就摇了摇头。老改心里凉下来，就问：

"先生，你看还有治没治？"

兽医说：

"开个方试试吧，不准见功。"

老改领他到了账房，开了药方，也顾不得送先生，就到药铺去抓药。这里管账的侯先生原和兽医认识，叫小黑烧火沏茶。又问：

"大官亭那边的牲口怎样？"

"情形差不多！"兽医说，"因为牲口还没分，没确定所有权，人们只知道瞎使，不结记喂饮。其实牲口这玩意娇气着哩！它的生理和人一样，哪里照顾不到，也容易出毛病。再说医治牲口，比起人来还难。人会说话，饥思食，渴思饮，你不给他，他自己会说，会要会找。牲口不会说话，要全凭人去照顾，这就难了。可是人们不想这个！"喝了两口茶，又说，"这还得教育，人们的自私自利劲还是不小。——这茶叶不错，这几年敌人封锁，很不容易喝到好叶子，这也是果实吧？"

又说了几句闲话，兽医才告辞走了。

老改到药铺抓好药，回来叫小黑熬好，帮着灌下去；他又守了一夜。

## 七

第二天早晨，紫牛才慢慢捣嚼了。老改还是气不忿，找了李三去，叫他开个会，批评小黄梨。

李三召集代表们商量一下，都主张晚上开个会。各个代表回去，分头分街通知了小组长，小组长又通知了各个户，说晚上在保管股过厅里开会。

吃过晚饭，李三先到会场，找好几个油灯，添上油点着。跟着进来一个老大娘，手里拄着拐杖，吧嗒吧嗒响。

李三笑着说：

"这老娘娘倒积极!"

老大娘望着李三说:

"我这积极是真积极,你该给我登登黑板报。从六月底,咱们就白天一个会,晚上一个会,你说我哪次晚到过?早退过?我纺着线,一听见说开会,放下就来,不打误阵。风雨无阻,不怕黑道。我净说:家里多么忙,也不如大伙的事情要紧。开开会,听听章程,心里多么明白?我就不喜欢那样,开会不到,会开完,遇到要分东西了,才东打听,西打听,光怕自己吃亏!意见又多,会上吞吞吐吐不说,四下里张扬!像这样的人,你也该批评批评!"

说得李三笑了,老大娘又说:

"你说我说的这是真理不是?正确不正确?"

李三说:

"是真理,正确。"

慢慢人到齐了,坐着的站着的。姑娘们在一块,特别她们那里嚷嚷得欢,又欢迎双眉唱歌。双眉望着李三那里挤眼,姑娘们说:

"三哥呀?他老好了一辈子,怕他干么?"

李三站在一张桌子前面,旁边坐着贫农组的秘书。

秘书翻开花名册挨名叫着，人们报着"到"。不到的，小组长赶紧派人去叫了。

李三说：

"现在开会，各组的人往一块凑凑吧，回头还要讨论哩！谁先说说？"他回头望着代表们问。

"三哥念叨念叨吧！"代表们说。

"我就说说。"李三转过身来，"今天开会，是为咱们贫农组的牲口和车辆的事。这些东西，是咱们农民斗争出来的。这不是地主的东西，这是咱们祖祖辈辈给地主当牛马，拿血汗换来的。现在咱们从他们手里要回来自己使唤。以后是要确定所有权的，现在因为地还没分，先借给大家用着。可是有的人不知道爱惜它，都说：往后还不知道分到谁手里。牲口也不喂，狠死地使。咱们的牲口全弱了，车全坏了。这样下去，损失完了，还是咱农民吃亏，也叫地主们看咱的笑话，叫群众对我们不满意。我们都是辛辛苦苦的农民，我们都知道爱惜东西，就是有点落后，拿到手里，抱在炕上，才叫自己的东西。其实，现在什么不是我们的？代表会是我们的，区级县级是我们的，前方打仗的战士是我们的，我们都要爱惜他们。你们说对不对？"

"对!"人们喊着。最后是谁喊了一句:"对极了!"

李三接着说:

"就拿小黄梨使牲口吧。不经过保管就牵牲口,单挑了那个紫牛,又不会使牲口,牛勾槽歪到牛脖子下面,差一点没把个紫牛送了命。车轴的辖掉了,也不看看,就套出车去,闹了个人仰马翻!也不只是她一个人,别的人也要检讨检讨。昨天晚上,我们内当家的,犯了老病,不在家里纺线,跑去给老改说媒。我在家里批评了她,我想了想,也该在这大会上提出来!"

人们哄地笑了,乱拿眼找大顺义。大顺义冷不防李三给她来这么一手,早臊得缩到桌子底下去了。接着各个代表补充。然后就分小组围着灯讨论,各个代表分头掌握。

大家的意见说完了,各个代表小组长在一块凑了凑,就由李三做结论说:

"各组讨论的办法是:按地亩自由结组,把牲口车辆先分配下去,这算是个草稿,以后确定所有权,变动也不大了,大家安心喂养牲口,使用车辆。各组选个组长,牲口喂坏了,车损坏了,由他负责;谁坏的,就不确定给他所有权。各代表还要就近检查。各头竞赛。"

## 八

把牲口车辆分配下去,村里事情少些了,李三有时就去照看照看他那互助组开办起来的木货厂,和他们刨树,拉锯解板,垒炭窑。他和伙计们说:

"今年我们烧炭准赚。煤过不来,附近大官亭、苌刘庄都住着伤兵,医院冬天炭总是要用的。"

大印说:

"听说要平分了,咱这厂子弄半天,还不准怎么着哩。"

"什么平分?"李三问。

"你还是头目人,消息还不如我灵通。区里发下报纸,上面说要平分,每人一份,一份三亩地儿!"

"哪报哩?"

"又收回去了,我也没见。是秘书和我说的,他说不叫对外人讲。"

小亮登在架子上和全福拉着大锯,听见说就停下来,用手背擦着脸上的汗,问:

"什么也平分吗?"

大印说:

"平分嘛，可不就什么也分！上级准是知道几次分东西，人们都有意见，这回就爽利地来一个平分。"

小亮说：

"地亩好分，牲口车辆也好分，犁耙绳套，叉巴扫帚也好分，就连锅碗盆灶，桌椅板凳，箱匣橱柜也好分。你猜怎么样，就是一样物件不好分——衣裳。"

大印说：

"什么也好分。我觉着这回准做好了，谁也不会有意见，有反映。不管大人孩子，一人一份。衣裳也是一样，一人一件！"

小亮说：

"你说的那个不行，你知道有多少件衣裳？"

大印说：

"这都在账篇上哩，咱们一共是三百一十二个包袱，单夹棉皮，一共是三千多件！"

小亮说：

"你说的是保管股的东西。我问你，既是平分，各人家里的东西算不算？"

大印说：

"你算人家家里的东西干什么？"

小亮说：

"不算家里的东西，那叫什么平分哩？哪一辈子也分不平啊！比如拿咱两家来比：地亩不成问题，咱俩一样，牲口也一样。可是家具上，你比我多一个立柜，多两个箱。打着这都是摆在眼面前的东西，谁也瞒不了谁。衣裳布匹就难了，我不能到你家翻箱倒柜去一件一件数啊！就是数吧，件数一样，那好坏可就差得天上地下了！要不我说不好分哩！"

大印想了想说：

"可不是，这里面复杂着哩。要这么着，把一件件的东西都合成钱，一个人该分多少钱的东西就行了。"

小亮说：

"那也不好办，现摆着成物，怎么着分钱哩。我看准得归成那个理：把全村的东西，都搬出来，搀和了，再一个人一个人地分。"

大印说：

"那你三辈子也分不清——这倒叫人作难。算了吧，反正上级得有办法，怎么指示怎么做！"

小亮说：

"可不。咱们穷光蛋不怕，反正分不出去，多多少少得分他们点进来。"

## 九

坐在地上的老木匠全福,一直没有说话。他那光着的铁板一样的脊梁上浮着一层大汗珠,就像滴滴的黑油。他侧着耳朵听了半天,不断望望李三。李三在那边用尺子排着一块木头,眉头皱得很紧。到了这时,全福才仰着头问小亮:

"亮兄弟,我们中农怎么办?"

小亮没来得及说话,大印说:

"这回是拉齐。省得一回一回分,又麻烦,又有意见。有人到山里卖布,人家那里已经开始分了。你家里有什么东西也得登记上,是个针头线脑也得算上!"

小亮说:

"中农不准有事,来,我们干吧!"

说着就扶正了锯,望着全福。全福低着头,随后抹了一把脸上的汗,站起来说:

"我不干了。还干着有什么劲?咱伙计四个,你三个都知道:我三辈子木匠,三辈子受苦,三辈子弄不上吃穿。我又拉了快一辈子大锯,我大伯下了十八年关东,死在关外,我承了他那一股,才扒上了个碗边,现在成了中农。分地主的,那理当,他们吃过喝过,糟过耍过,欺压过人。我哩?我算是个富户吗?人家地主的月炕里的孩子都使绸缎尿布,我哩?一辈子了,你们谁见过我穿一件囫囵衣裳?"

李三立时回过身来,说:

"全哥,不能动中农,你放心。别说没有人要动你的东西,就是有那个说法,我头一个就反对!"说着他望着大印,"报上有这个指示吗,什么东西也平分?"

大印低着头说:

"报上准是光说分地,什么也平分,不过是我的个估计儿!"

李三说:

"闹不清楚,不要瞎说。上级绝不会叫那么乱分一气。分是分地主的东西,我们——连上全福哥,总共可有多少东西,也要拿出去分?我们别听闲杂,还是好好生产要紧。我觉着咱们这个小木货厂,望头很大。今年冬天,把地主的地分了。人们添了地,过日子有心花,谁也得添置点农具,这就是咱们的买卖。咱村一共是三千四百多口人,地是一人合三亩挂零。满打着把地主的牲口农具全分下去，还是差很多。四家合一个牲口，五家一辆车，这车和牲口要挡着七十亩地。三家合不到一张犁，五家合不到一张耙，二十家才有一架种式，八十家才有一架扇车。这是那些大家式，那些小家具：三五个人也不准合到一张镰，一张小板镐！再算一下，几家一张木铲？几家一柄铁耙？我们分到了地，就要种啊，就要耕耩锄耪，就要收割打场。那农具哩？我们买下的这些材料，就做这些东西。你们看着：明年一开春，到咱们这里来买农具的，要挤破了这梢门哩！"

十

每天晚上，李三就睡在保管股院里一张石条桌上。他从家里拿来一条破褥子，枕着一截小木头。

他先到武委会去转了转，分派了岗哨，才回来睡。天上有一块黑云，慢慢渡过天河去；他想江猪拱河了，正在种麦子，下场透雨也好。又起来，把院里怕淋的东西拾掇起来。

衣服保管双进睡在西屋门口，挂了一个花蚊帐。双进说：

"三哥，今晚上冷，我到屋里给你拿条被子吧。丝棉绸缎，有的是被子，放着也是放着！"

李三说：

"不用。"

正说着，外边通通敲门。双进起来去开，李三说：

"问清楚了，再开！"

进来的是老王、老郝两个荣军，四条拐杖在地上响着，来势不善。李三赶紧坐起来：

"两个同志，一定有事？"

"有点事，事情也不大！"老郝把拐在两边一放，坐在条桌上，"咱们村里照顾荣军有点不够！"

"什么地方不够？"李三笑着问。

"你自己想想呀！"老王喊，"有人到肃宁去来，人家那里照顾得好！"

"我们在保管股要了些家具，怎么还给我们落账？干吗？还想拿回？"老郝接着。

"那都是没有分的东西，记记账也好。"李三说。

"要记就记！"老郝举起拐来在地上一拍，"我们再要一个骡子，一辆车！我们都是折胳膊断腿的人，走动不便，要辆车坐坐！"

李三说：

"要是同志们生产，就借给你们一个骡子一辆车。同志，你们替我们效过力，流血受伤，又离家在外，我可是从心里想多照顾你们。从你们来了，住房吃饭，使用家具，都是尽量给你们想法。群众有时说闲话，我给他们解释。现在咱村里的事，你们不了解。地主富农到处破坏我们，恨不得把我打死，不敢明出明入，他们就进行挑拨，想叫穷人打穷人，我们乱了营，他们才快意。同志们在前方，经过多少年锻炼，比我们知道的多，这个情况，该比我看得明白。咱们是一家人，你们的血是给穷人流了的。比方说：今天，你们打了我，谁快活哩？是穷人哩，还是那些地主富农？"

一番话说得两个荣军全低下了头。老郝说：

"主席，我们态度不好，你批评得对！可是，主席，你也不要怕那些地主富农捣乱，蒋介石的大兵都叫我们消灭，这小小的张岗镇上，几个地主还捣得了什么蛋！"

李三笑着说：

"希望同志们帮助村里的工作！"

老郝说：

"主席，前天我托你的事情办妥了没有？"

"什么事？"李三问。

"给我找个做饭的!"

"说媳妇的事呀?"李三笑着,"我已经叫妇女部给介绍了,这事不能着急,找好了对象,得先和人家谈谈。"

"这一个困难,无论如何你得给我解决!"老郝说,把那受伤的胳膊动了动,"咱们自己做不了饭,长期叫老百姓帮忙,也不落意呀!"

说着走了。双进送出去把门上好,回来说:

"有些荣军难办,说话就冲人。那天来要蚊帐,三句话没交代完,就冲着我来了!"

李三说:

"他们都是受了伤的,你看那伤有多重?是在战场上和敌人拼过命的,有时发发脾气,难怪他们。你记着,再催催香菊,给老郝对付个人!"

"老郝有三十老几了吧?不好办。"双进说。

"是个老红军,"李三说,"经过长征的。十七岁参加了红军,一离家,一家大小,都叫蒋介石给杀了。打日本的时候,受了重伤才退伍。这样一个同志,我们要给他安个家,叫他在张岗街上住下来,村子也有光彩。"

刚刚倒下,外边又敲门,这回是轻轻的。进来的是东头一家烈属,老婆子进门就说:

"三兄弟，我知道你早了没空，这么晚了才来。我有个困难，你得给我解决。"

李三让她坐下，说：

"地，我叫优属队给你耕去了。"

"不是地的事，是房的事。"老婆子说，"我那一间房老朽得不行了，下雨老是个漏，我一个老婆子家，自己又不能修。"

"等两天，闲空了，我去给你拾掇拾掇，保险不能再漏！"李三说。

老婆子笑了笑，说：

"我今年春天，不是纺了点线，赚了点钱，叫你给买了些坯？我是想再把它支架一下，里面的木料全不行了。咱们贫农组，有的是木料，我是说，把那细小的，哪怕先借给我几根哩。我和你商量商量，看行不行。要有你侄子，我就不叫你操这个心了。"老婆子说着流下泪来，用衣襟擦了擦。

李三想了一会，说：

"嫂子！咱这东西还都没有分，怎么个分法，也还没个准章程。我想反正得多照顾烈属。侄子在前方牺牲了，是有功的人，咱家里又实在贫寒，就是多照顾你一些，人们也不会有什么反映。开会的时候，我和代表们讨论讨论，就先借给你几根木头，把屋子支架上。以后，嫂子坐在炕上纺个线，打个盹的，也就不用担惊受怕了！"

"三兄弟费心吧！"老婆子很高兴，站起来走了。李三去关门，门洞里有个黑影一闪，李三一抓腰里的枪问：

"谁！"

"是我！"那个黑影往前走了两步，是个青年妇女的声音。李三听不出是谁来，老婆子说：

"你不认识她，她们过去大门不出，二门不迈的，你怎么见得着？她是俺们那头七班的大少奶奶。"说过，笑了笑走了。

"你偷偷摸摸的来干什么？"李三问。

"主席，我来求求你。"那个女人小声说。

"有什么事，明天再来吧，你家的男人们哩？"李三问。

"是我自己的事，"女人说，"就在这儿说吗？主席。"

"就在这说吧，"李三站在门口，"院里很黑，这里明快些！"

"你们斗争了俺婆家，我没意见。我从过门来，就受俺婆婆的气，小姑的气，没好过一天。我又年轻，也不记得剥削过人。这回，就是拿的我的东西多。主席，冤有头，债有主，谁作的谁受么！我也和他们反对，我的东西，你们不该拿走啊！"

李三说：

"你是七班的大房，我想起来，你娘家是苊刘庄四班。两头都是地主，你的东西不会是自己劳动来的。你们，从小老妈子抱着，丫鬟搀扶着。你们娶聘，骑马坐轿，绫罗绸缎，跟房跟班，你们享过福。怎么说是你的东西？穷人的东西，血汗换来，才是自己的。你们都是吃闲饭的人！你想想：给你们种地的是谁？给你们赶车的又是谁？小时，抱你们的是谁？大了，扶你们的是谁？谁把饭做好，又给你们送到手里？谁把衣裳做好，又给你们披在身上？都是穷人！你们的福享得过分了。你还说没享过福！你受气不受气，提说不着，我们是按成分办事！"

女人啼哭起来。李三说：

"今天，你啼哭了，以前在你家地头地边，在你家墙角门口，有多少人啼哭过，你知道吗？你们心痛过这些人吗？有多少人叫地主逼得寻死上吊，跳井投河，卖儿卖女？你顶好想想这些事，想想你们家的东西是怎样来的。你们还年轻,也给你们留着吃的穿的,种地的家具,回去好好生产吧,不要净想歪的了!"

女人走了,李三把门上好,回来睡觉。刚一合眼,鸡就叫了。

## 十一

大顺义一早就来叫门,一开门,两个人就吵起来。

大顺义说:

"你这个老家伙,家你算是不要了,你算是卖给这里面了!"

李三说:

"你这么早跑来干什么?"

大顺义说:

"你说我跑来干什么?我来请你吃饭去!"

"今儿个饭这么早?"李三笑了笑。

"吃过饭,你给我耕地去!"大顺义说,"人家的麦子都快出齐了,你那么二亩半地高粱茬还没有刨!小高粱都快秀穗了,你成心叫地荒了吗?"

"我得有了空呀!"李三说。

"你是无事忙,天生的自找罪受!"大顺义说,"这么多大骡子大马,这么多代耕队,你替群众服务,群众就不该给你解决困难?你支一支嘴,一顿饭的工夫用不了,就给咱耕了!你懒得说话!"

"嘻!"李三说,"叫你这么一说,我成了大总统了!"

"你不是大总统,人家可叫你土皇上!你工作工作,弄得猪八戒照镜子,里外不够人。穷的富的都不说你好,人叫你得罪完了,你还工作!"

大顺义一屁股坐在双进的床头起,双进还在睡觉,一下叫她坐醒了,赶紧起来劝架。

大顺义在院里转转悠悠,李三跟在后面。大顺义扭回头来说:

"你没见过我?这么紧跟着干什么!"

李三不说话。大顺义转到西夹道,那里堆放着乱七八糟的东西,什么破字画、枕头、小匣子、不成对的瓷器铜器……

大顺义在一个破箱子里翻了翻,看见有一串大铜钱,拿起来,望着双进说:

"我要了这串大钱,去给我那干儿配个锁!"

"你赶快放下!"李三吆喝着,"一个线头,你也不能从这院里拿出去!"

"你把我当贼提防,"大顺义扔下铜钱走出来,"你别小看人,这么点道理我不明白?能叫你跟着我背黑锅!逗逗你,就当真的了!"

大顺义回家去。李三一时觉得又累又烦。他忽然想起毛主席。他想:他领导革命,指挥千军万马,教育着这么些个党员群众,他是怎么着工作哩?他会不会累?会不会烦?李三在心里笑了,他自己有点羞惭,勇气和力量也在这时振作了。他到木货厂里去。

## 十二

大官亭的野战医院里,新来了一批伤兵。是在大清河北作战受伤的,里面有几个饶阳县今年春天参军的战士。战士们给家里写了信,母亲和妻子们都去看望了。张岗贫农组也买了一筐鸭梨,募了一篮鸡蛋,送去慰劳,李三同双眉是代表。

在伤兵里,双眉看见了兴儿,挂着一只胳膊。兴儿和李三说是参加机枪班冲锋受了伤。双眉一句话也说不出,红着脸笑了。兴儿用那只好手轻轻拍着受伤的胳膊,好像是叫双眉看。双眉明白,这意思是说:你看我怎么样,我受伤了。

第二天，区里送来一封信说：野战医院的伤兵同志们要求张岗剧团给他们演演戏，叫李三加紧准备。

李三拿着信找双眉去，笑着说：

"你的工作来了！"

双眉接过信来看了看，抬头问：

"伤兵同志们为什么单到咱村？"

李三说：

"周围几十里，谁不知道张岗剧团？在冀中区，除了'火线'，恐怕就属咱们了，人家军队上能没有听说过？"

双眉说：

"那可演什么节目哩？咱不演俗戏，新编又一下排不出来。全怨三哥，那两天还批评我哩！"说完把嘴一噘。

李三说：

"这怨三哥没远见。双眉，这事全交给你，你用什么东西，使唤哪些人，告诉我，我给跑腿！反正，人家既然指名请咱们，咱们就得露一手，不能丢人！"

双眉想了想说：

"我看还是演比武从军。这个戏别的剧团演不了，咱们又是熟戏，稍微拉拉场，吊吊嗓就行。三哥，你看怎么样？"

李三说：

"对，就演这出。给军队演，又符题。我就喜欢这出戏，末了那一大段唱，别的剧团，就是没法演，两个人接着也唱不下来。你唱起来，可是从从容容，越到后来越有劲。不过那个武委会主任叫谁演哩？兴儿不在家。"

双眉说：

"就叫小三成替他，排的时候，小三成一块学会了。"

"好。"李三说，"带着咱们那汽灯、好帐子好幕去。演的时候，还得叫我干那个！"

"什么那个？"双眉问。

"拿着大喇叭站台！"李三比画一下，笑着走了。

演戏的那天是十月革命节。会场就在大官亭街当中那大场院里。吃过晚饭，周围几十里，道路上满是人，紧走紧说：

"今晚上是张岗的比武从军！"

"喂！那个女角叫什么？"

"你这人！双眉呗！"

"对。真好嗓门，好长相，好走相，真，真比不了！"

"有一年不唱了。听说为唱戏受过批评哩？"

"咳！不批评别的，单批评唱戏！"

汽灯还没挂起来，会场里就挤满了人，卖糖的，烙馅饼的，老豆腐挑子也赶来了。

伤兵同志们坐在场子当中，汽灯点着了，张岗剧团的人马在台上忙着。打鼓的老头子郭老珍，架着腿，把雪白的手巾搭在膝盖上，嘴里叼着一支只有在这个当口才肯抽的好烟卷。

兴儿挂着胳膊，走到后台来和人们说话。在一个大油灯下边，双眉坐着她那小红凳，正对着镜子化妆。见兴儿来了，就问：

"你在哪看？"

兴儿说：

"在台下边呗！"

"有坐物没有？"

"没有。"

"我给你带来了一个。"双眉说着站起来，往后一推那小红凳。

"咱们这剧团，越来越阔了，还置了家具？"兴儿说。

"这是我分的果实。"

"你参加斗争了啊？"兴儿笑着。

"你参加战争，我参加斗争！"双眉低声说，在镜子里轻轻一笑。

"入党了没有?"兴儿庄重地问。

"快批准了。"双眉的脸一红,"你哩?"

"我今天满了候补期。"

"我来演戏给你道喜!"双眉笑着说。

"先唱的时候,嗓子不要太高,这个地方是街心,容易收音。"兴儿关照了双眉几句,就下去了。

同志们看见兴儿提着个小凳下来,有两个人跑过来说:

"王小兴,哪来的小凳?"

兴儿说:

"借的剧团的。"

"还是你们本地人好啊!"

"来!咱们三个挤着坐。"兴儿说,"快开戏了,听着吧!"

今晚上没有月亮,是个好晴天。星星像有喜事的人们的眼睛。一声锣响,开幕了。

台下的人挤着跟前去,说:

"比武从军!"

"不要挤,不要碰着伤员同志们!"李三拿着个大喇叭,在台上猫着腰喊叫。

村歌 | 187

"双眉！"台下看见双眉一上场，挤得更欢。前边的人用死力顶着，像钉木桩，不让挤过去。

双眉一出来，是在梨树底下，里面有这么几段：

风吹枝儿树猫腰，
今年梨儿挂得好。

上好的梨儿谁先尝哪，
我提着篮儿上前方呀。

送梨的人儿回去吧，
前方的战斗正紧张啊。

双眉唱着，眼睛望着台下面。台下的人，不挤也不动，整个大广场叫她的眼睛照亮了。

她用全部的精神唱。她觉得：台上台下都归她，天上地下都是她的东西。

一九四九年九月一日